KB261338

만리웅풍

FANTASTIC ORIENTAL HEROES

월인 新무협 판타지 소설

만리웅풍 9

월인 新무협 판타지 소설

초판 1쇄 찍은 날 § 2009년 3월 30일
초판 1쇄 펴낸 날 § 2009년 4월   6일

지은이 § 월인
펴낸이 § 서경석

편집장 § 문혜영
편집책임 § 이재권
편집 § 문정흠

펴낸곳 § 도서출판 청어람
등록번호 § 제1081-1-89호
등록일자 § 1999. 5. 31
어람번호 § 제2-1710호

주소 § 경기도 부천시 원미구 심곡동 163-2 서경B/D 3F (우) 420-010
전화 § 032-656-4452 팩스 § 032-656-4453
http://www.chungeoram.com
E-mail § eoram99@chollian.net

ⓒ 월인, 2007

ISBN 978-89-251-1751-5 04810
ISBN 978-89-251-1006-6 (세트)

만리웅

蕩蕩英風

9 혈풍(血風)

월인 新무협 판타지 소설

FANTASTIC ORiENTAL HEROES

청어람

目次

第九十六章
불청객(不請客)

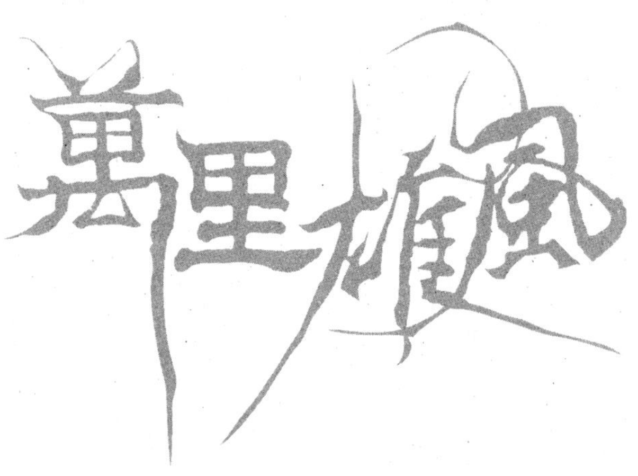

사천당문의 문주 당하성(唐河星)은 최근 깊은 시름에 빠져 있었다. 그로 인해 심각한 수면 부족에 더해 이젠 식음도 전폐할 정도였다.

시름의 이유는 한 가지 풀리지 않는 문제 때문이었다.

단 한 가지의 문제였지만 그것으로 인해 당문은 멸문에 처하게 될 수도 있었다.

그 문제를 푼다면 당문은 앞으로 중원 모든 무인들의 숭상을 받으며 영웅의 가문이 될 수도 있을 것이고 더 나아가 남궁세가를 제치고 중원제일가의 위치를 차지할 수도 있을 것이다.

반면, 풀지 못한다면?

소름이 끼치고 등골에 식은땀이 흘러내린다.

그걸 풀지 못한다면 당문은 아마도 파국을 맞게 될 것이다.

그 파국의 끝은 당문의 모든 식솔들은 물론 곳간을 드나드는 쥐새끼조차 생존하지 못하는 것으로 귀결될 것이다.

그것을 생각하면 자다가도 소스라치게 놀라 단말마를 내지르며 벌떡 일어나게 된다.

지난밤도 잠을 설치며 거의 뜬눈으로 보낸 탓에 대낮에 잠간 낮잠이 들었지만 이내 소스라치게 놀라 깨어나고 말았다.

어김없이 등줄기와 이마에 땀이 흥건하게 흐르고 있었다.

"휴우—"

긴 한숨을 내쉰 당하성은 창문을 열었다.

상쾌한 바깥바람이 온몸을 식혀주었지만 당하성은 그것도 느끼지 못한 채 계속 식은땀을 흘렸다.

"아버님!"

밖에서 장남 당상진(唐常晉)의 목소리가 들리자 당하성은 비로소 이마에 흐른 땀을 훔쳤다.

"손님이 오셨습니다."

당상진의 목소리가 다시 들리자 당하성은 눈살을 찌푸렸다.

당분간은 아무도 만나지 않겠다고, 아니, 아무도 당문 안으로 들이지 말라며 문을 굳게 잠근 지 여러 달이 지났다. 그런데 다른 사람도 아닌 자신의 장남이 외인을 받아들였다니?

"손님을 맞지 않겠다는 말을 잊었느냐?"

당하성은 노기 띤 음성으로 고함을 질렀다.

"하지만 너무 중요한……."

"지금 닥친 문제보다 더 중요한 것이 어디 있단 말이냐?"

당하성은 고함을 치면서도 흐트러진 옷매무시를 바로잡고 등줄기에 흐른 땀을 감추기 위해 상의 한 벌을 더 걸쳤다.

장남 당상진은 분별없는 사람이 아니었다. 아니, 어쩌면 너무 분별이 뚜렷하고 성격이 차가워서 문제였다.

유쾌한 호걸이라도 당문 출신이라면 독사를 보듯 하는데 천성적으로 차가운 성격이다 보니 당문 외의 사람들은 당상진을 상대조차 하지 않으려 해서 언제나 외로운 처지였다. 그런 사람이니 아무나 함부로 들이지 않았을 것이다.

"들어오너라."

다탁의 의자에 앉은 당하성은 가라앉은 목소리와 함께 불청객을 맞을 준비를 했다.

장남 당상진이 데리고 온 손님은 한 명의 중년인과 한 명의 여인이었다.

중년인은 건장한 체격에 한눈에 보기에도 범상치 않은 기도가 느껴졌다.

중후하면서도 자연스럽게 위압감이 묻어 나오는 기운은 그가 많은 부하들을 거느린 사람임을 짐작케 해주었다. 그리고 그와 함께 온 여인은 이십대 초반 정도의 나이에 뭇 사내들의 눈길을 사로잡을 만한 미인이었다. 군살 하나 없이 불면 날아갈 듯한 몸매였지만 그 몸매 속에는 모진 수련으로 다져진 강인함이 숨어 있었다.

"우선 앉으시지요."

자리에서 일어선 당하성은 불청객에게 내보일 수 있는 최대한의 예의로 자리를 권했다.

"고맙소이다."

중년인은 가볍게 고개를 끄덕이고 자리에 앉았다. 그를 따라 여인도 중년인과 같이 고개를 숙인 후 자리에 앉았다.

"뉘신지……?"

잠시 뜸을 들였지만 불청객들은 말이 없었고 참다못한 당하성은 중년인과 아들 당상진을 번갈아 보며 물었다.

"저는 중원 몇 곳에 작은 전장을 운영하고 있는 이 모라는 사람입니다."

중년인은 자신이 하는 일과 성만 밝혔다.

"그런데……?"

당하성은 약간의 불쾌감을 느끼며 다시 물었다.

"최근 문주께서는 심각한 고민에 휩싸였으리라 짐작하고 있습니다."

중년인의 대답에 당하성은 미간에 주름을 만들며 두 눈을 가늘게 떴다.

중년인의 말대로 당문의 모든 역량을 모아도 풀리지 않는 한 가지 문제 때문에 신경쇠약에 걸릴 지경이었고 그 때문에 밤잠은 물론, 낮잠마저 제대로 자지 못하며 깨어났지 않았던가? 그런데 중년인은 족집게처럼 그걸 지적하고 있었다.

당하성은 지나칠 정도로 사려 깊은 아들이 자신의 엄명에도 불구하고 이들을 맞아들인 이유를 알 것 같았다.

이들은 아들에게도 똑같은 말을 했을 것이고, 뭔가 실마리를 잡을 수 있다고 생각한 아들은 이들을 자신에게로 데려온 것이다.

'선자불래(善者不來) 내자불선(來者不善)!'

당하성은 불식간에 지었던 당혹스런 표정을 지우고 속으로 읊조렸다.

비록 당문이 처한 상황을 정확히 알고 있긴 하지만 스스로 찾아온 자치고 선한 사람이 없는 법, 무언가 음습한 목적이 있을 것이다.

"글쎄요. 그게 무언지 한번 설명해 주시겠는지요?"

당하성은 노회한 장사꾼 같은 말투와 함께 내심을 감추었다.

"당문이 가장 장점으로 여기는 것이 지금은 가장 큰 약점으로 작용하고 있지 않은지?"

중년인 역시 당하성 못지않게 노회한 표정으로 말을 받았다.

“그 말만으로는 무슨 뜻인지 알 수가 없소만?”

“독!”

중년인의 짤막한 대답에 당하성은 눈을 크게 떴다가 얼른 평소의 모습으로 돌아왔다.

“독이라…….”

“그렇소이다. 당문이 가장 장점으로 여기는 독이 이젠 당문을 가장 치명적인 상태로 몰고 가고 있지 않는지요?”

중년인은 여전히 담담한 눈으로 당하성을 쳐다보았다.

“계속하시오. 그리고 이번에는 조금 더 구체적인 설명을 덧붙이는 것이 좋겠소.”

당하성은 찌르는 듯한 눈빛으로 중년인을 쳐다보며 소매를 조금 걷어 올렸다. 그러자 그의 팔목에 착용된 두툼한 토시가 모습을 드러냈다.

소매 아래에 착용하여 여름에 시원함을 유지시키기 위한 주된 용도에다 더해 풀을 베거나 나무를 할 때 손목이나 팔을 보호하기 위해 착용하는 평범한 토시였다. 그러나 그것이 당문 사람들의 손목에 착용되어 있다면 문제가 달라진다.

당문 사람들이 착용하고 있는 저 토시는 세상에서 가장 무서운 물건이었다. 조금만 손목을 비틀어도 맹독이 쏟아져 나올 수도 있었고, 머리카락보다 가늘어 언제 발출되었는지도 모를 독침이 튀어나올 수도 있었다. 그리고 경우에 따라서는 한 줌만으로도 사람 한 명을 완전히 태워 버릴 수 있는 모래가 튀어나오기도 한다.

오래전에 알려진 것만 해도 그러니 지금은 또 어떤 암기들이 장착되어 있을지는 상상도 할 수 없는 일이다. 하지만 너무 배타적이고 오만하기만 한 당문의 사람들에게 반감을 느꼈는지 중년인은 뜸을 들이며 본론을 꺼내지 않았다.

당문주 당하성은 중년인이 더 이상 말을 빙빙 돌리면 손목을 움직이겠다는 듯 손가락을 쥐었다 펴기를 몇 번 반복했다.

"당문주께서는 여전히 성격이 급하시구려."

당하성의 팔목에 착용된 토시를 보고서도 중년인은 조금도 위축되지 않고 입가에 미소를 머금었다.

피잉—

한줄기 파공성이 중년인의 귓가를 스쳐 지나갔다. 뒤이어 중년인이 앉은 뒤쪽 벽에 무언가 박히는 소리가 들렸다.

푸쉬시—

벽에 박힌 작은 쇠침에서 연기가 피어오르며 매캐한 냄새를 풍기기 시작했다.

극독이 묻은 우모침(牛毛針)이었다. 그것이 당하성의 손목에서 발출되어 벽지를 태우고 있었다.

"당신이 짐작한 대로 난 요즘 신경이 무척 날카로운 상태요. 그러니 잡소리는 집어치우고 본론으로 들어갑시다. 그러지 않고 계속해서 신경을 긁어대면 다음에는 당신의 미간에

저 침을 박아주겠소."

당하성은 얼음장같이 차가운 눈으로 중년인을 바라보며 경고했다.

"당문주의 그 폭급한 성격은 언젠가 큰 실수를 하게 될 것이오. 아니, 일다경이 되기 전에 혼쭐이 날 것이오."

중년인은 여전히 느물거렸다.

"이자가!"

당하성이 고함을 지르며 다시 팔을 들어 올렸다.

그때 중년인이 입을 열었다.

"그럼 거두절미하고 직접적으로 말씀드리겠소. 반년 전 이곳 사천의 세 개 문파를 지워 버린 흑사련, 아니, 도천극의 독에 대해 당문은 아직 아무 소득도 없다고 알고 있소이다."

이번에는 너무 직접적으로 나오는 중년인의 태도에 당하성은 표정마저 딱딱하게 굳혔다.

당문의 모든 문도와 당하성이 지금까지 골머리를 싸매고 있는 것이 바로 그것 때문이었다.

구천문과 정검가, 은하장이 멸문당한 후 그들의 시신을 여러 구 가져와서 온갖 노력을 했지만 해독약은 물론, 그 독의 추출마저도 불가능했다.

그건 정말 소름 끼치는 일이었다. 그리고 최대의 위기감을 느끼게 했다.

누대에 걸쳐 당문은 독에 대해서는 종가나 마찬가지였지

만 그 때문에 이젠 가장 위험했다. 도천극이 그 독으로 무슨 일인가를 벌이려 한다면 그 독의 해독약을 만들 가능성이 제일 큰 당문을 제일 먼저 무너뜨리려 할 것이다. 중년인이 지적한 대로 당문이 가장 강점을 가지고 있는 독이 이젠 가장 치명적인 위험으로 다가온 것이다.

당하성은 도천극이 구천문과 정검가, 은하장에 앞서 당문을 치지 않은 것이 천만다행이란 생각이 들었다. 그들 세 문파를 무너뜨린 독을 당문에 먼저 뿌렸다면 당문은 큰 타격을 입고 반 이상의 문도를 잃었을 것이다.

하지만 그 위험을 비껴 나간 것에 대해 언제까지나 안도하고 있을 수 없었다. 놈들이 당문을 치지 않고 그 세 문파를 먼저 몰살시킨 것은 무언가 부족한 것을 메우지 못했기 때문이란 생각이 들었다. 그래서 그 후 반년 가까이 잠잠한 채 기다리고 있는 것이다. 아마도 그 부족함을 모두 메운 후에 그들은 제일 먼저 당문을 칠 것이다.

그런 상황을 정확히 지적한 중년인에 대해 당하성은 짙은 경계심을 느꼈다.

"그래서 당신이 궁극적으로 하고 싶은 말은?"

당하성은 살기가 어린 눈으로 중년인을 쳐다보았다.

느낌은 그렇지 않았지만 이 중년인이 도천극의 앞잡이로서 무슨 협박을 하러 온 것인지도 몰랐기 때문이다. 그렇다면 지금껏 자신이 우려해 마지않았던 일이 벌어지게 될 것이고,

당문은 존망의 위기에 놓이게 되는 것이다.

"이것이 그 독이오!"

중년인은 품속에서 작은 자기병 하나를 불쑥 꺼냈고, 당하성과 당상진은 기절초풍할 듯 놀라 그 자리에서 벌떡 일어섰다.

호흡을 멈추어도 아무 소용없이 피부를 통해서 스며들어 순식간에 생명을 끊어놓는 독!

그러면서도 그 흔적조차 몸속에 남겨놓지 않는 그 가공할 독이 저 작은 자기병 속에 있다는 말이다.

만약 저 자기병의 뚜껑이 지금 열린다면?

그동안 치를 떨며 공포에 젖었던 소름 끼치는 일이 벌어질 것이다.

당하성은 즉시 손목을 비틀어 언제라도 토시 속의 암기들을 모두 발출할 준비를 했다. 그의 아들 당상진도 손가락 사이에 숨겨두었던 모든 암기를 발출시킬 태세를 갖추었다.

"너무 긴장할 필요 없소이다. 독성이 희석되어 무해한 상태이니."

"희석?"

"무해?"

당하성과 당상진이 제각각의 단어를 동시에 토해내며 불신 가득한 눈으로 서로를 쳐다보다가 중년인의 얼굴에 온 시선을 고정했다.

지난 반년 동안 당문의 모든 힘을 쏟아부었지만 독의 실체를 찾는 데 아무런 성과를 거두지 못했다. 그러한 독을 가져왔다는 것도 놀라 자빠질 일인데 희석까지 시켰다니…….

"정말… 정말, 그 독이 맞는 것이오?"

당하성은 더듬거리는 어조로 물었다.

"우선 앉으시지요."

중년인은 빙그레 미소를 지으며 마치 자신이 주인인 양 손을 벌려 당문주와 그 장남에게 자리를 권했다.

당하성과 당상진이 비로소 자신들의 실태를 자각하며 자리에 앉았다.

"실로 무서운 독이었소. 당문주께서 그렇게 놀라는 것도 전혀 무리가 아니지요."

중년인은 당하성과 당상진의 입장을 세워주며 자기병의 뚜껑을 열었다.

희석된 독이라는 말은 이미 들었지만 당하성과 당상진은 불식간에 호흡을 멈추었다. 그러다가 쓴 입맛을 다셨다. 그것은 호흡을 멈추어도 아무 소용이 없는 독이었기 때문이다.

쪼르르—

자기병에서 흘러나와 찻잔에 따라지는 액체는 아무런 색이 비치지 않는 무색이었다.

뒤늦게 호흡을 재개한 당하성과 당상진이 조심스럽게 코를 킁킁거렸지만 아무런 냄새도 맡을 수 없었다. 그야말로 무색, 무취의 물과 다름이 없었다.

"맛을 한번 보시지요."

중년인은 새끼손가락으로 액체를 찍어 먼저 입에 갖다 대어 당문 부자의 경각심을 누그러뜨려 주었다.

"피?"

중년인과 똑같은 식으로 액체를 맛본 당하성과 당상진이 안광을 빛내며 동시에 말했다.

"역시 당문이군요."

중년인이 고개를 주억거리며 감탄을 했다.

"이 액체에서 피 맛을 구분해 낼 수 있는 사람들은 중원천지에서 몇 되지 않을 것이오. 그런데 두 분은 한순간의 뜸도 들이지 않고 피 맛을 구별해 내는군요. 하하!"

중년인은 호쾌한 웃음을 터뜨린 후 의자를 당겨 앉았다. 그리고 입술을 열었다.

"이건 천인혈독이라는 독이지요."

"천인혈독?"

당문 부자가 동시에 말을 받았다. 그러나 두 사람의 표정에는 생소한 기색만 가득했다.

"말 그대로 천 사람의 피를 뽑아 그것을 수십 년에 걸쳐 부패시켜 만든 독이지요. 그런 엄청난 대가를 치르고도 겨우 한 숟갈 정도밖에 추출하지 못하지만 대신 그 효력은 소름이 끼치지요. 그건 이미 알고 있는 바이니 더 이상 설명 드리지 않겠소."

중년인은 잠시 몸서리를 참는 표정을 하고는 설명을 이었다.

"그동안 알아본 바에 의하면, 도천극이 가지고 있던 그 한 숟갈의 독은 다 소비되었소. 그건 정말 다행스런 일이오."

"그렇군요. 정말 다행이군요."

당하성과 당상진이 지옥에서 빠져나온 듯한 모습으로 가슴을 쓸었다. 이로써 그들은 그동안 시달렸던 공포감에서 해방될 수 있을 것이었다.

"그런데 놈들은 천 사람의 피를 취하지 않고도, 그리고 수십 년이란 세월을 허비하지 않고도 대량의 천인혈독을 만들 수 있는 방법을 알아냈소."

정수리로 벼락이 떨어지는 것 같은 사태에 당문 부자는 하얗게 얼어붙었다. 천국에서 지옥으로 급전직하하며 정말 당문의 종말이 가까워지는 것 같았다.

"대체, 대체 그놈들이 어떻게 그런 일을……? 도저히 믿을 수 없소!"

당하성은 세차게 고개를 흔들었다.

"그건 많은 정보원을 희생하며 알아낸 사실이오. 어쩌면 지금쯤 그것이 완성되었을지도 모르는 일이지요."

중년인은 무겁게 고개를 끄덕이고는 다시 품속으로 손을

집어넣었다.

중년인의 손에는 또 한 개의 호리병이 들려 있었다.

"그, 그건 무엇이오?"

당문의 소문주 당상진이 정신이 하나도 없는 듯한 얼굴로 물었다. 문주 당하성은 그걸 물을 기력도 없는지 쳐다만 보고 있었다.

"이건 해독약이오!"

"해, 해독약?"

당하성이 고함을 질렀다.

해독약이라니? 희석시키는 것도 모자라 이젠 해독약이란 말인가?

당하성은 이자가 자신을 들었다 떨어뜨렸다 하며 놀리고 있다는 생각이 들었다. 그제야 비로소 잠시 후에 혼쭐이 날 것이라는 중년인의 말이 이해되었다. 그야말로 당하성은 일다경 사이에 혼이 빠졌다가 다시 들어오기를 몇 차례 반복하고 있는 것이다.

당하성은 소매를 끌어내려 손목에 채워진 토시를 완전히 가렸다. 이젠 당문 특유의 차갑고 고압적인 자세를 버리고 매달려야 할 때였다.

중년인의 말대로 저것이 천인혈독인지 만인혈독인지 하는 가공스러운 독의 해독약이라면 무릎을 꿇고서라도 얻어내야 하는 것이다.

"이제까지 했던 내 모든 언행에 대해 사과를 드리겠소."

당하성은 중년인을 향해 깊이 고개를 숙였다.

"그럼 지금부터 본격적인 협상을 해보기로 하지요."

당하성이 독가시가 잔뜩 돋은 껍질을 벗어버리자 중년인도 가식적인 껍질을 벗어버리고 진지하게 말을 받았다.

"정말 해독약이 맞는 것이오?"

당하성은 간절한 표정이 되어 물었다.

"물론이오. 조금 후에 실험을 해보면 알게 될 것이오."

중년인은 담담한 음성으로 답하며 품속에서 한 권의 책을 꺼냈다.

"이건 도천극이 사용한 독의 특성과 그것을 중화시키는 해독약을 제조하는 방법이 상세히 수록된 책이오."

"대체 누가 이런 것을……?"

당하성은 서책을 급히 넘겨보며 신음처럼 중얼거렸다. 중년인의 말이 정말이라면 당문은 독의 종가 자리를 당장 내놓고 이것을 만든 사람들을 초빙하여 스승으로 대접해도 모자랄 지경이었다.

"세상 곳곳에는 모래알만큼 많은 기인이사들이 있다고 하지 않소이까."

중년인은 은유적인 표현으로 당하성의 질문에 답했다.

"아무리 그렇다 해도 이 독은 당문의 모든 역량을 모아도 흔적조차 잡지 못한 독이오."

당하성은 도저히 믿을 수 없다는 듯 고개를 저었다.

"그들도 하루아침에 해독약을 만든 것은 아니었소. 오랜 세월 동안 서로 투쟁하며 살아남기 위해 상대의 공격에 대한 방어책을 연구하며 탄생시킨 해독약이지요."

"그들이 누구인지……?"

"아까도 말했듯이 그건 가르쳐 줄 수가 없소."

중년인은 단호하게 고개를 저었다.

"중요한 것은 그것이 아니고, 이 해독약을 제조하는 법을 당문에 넘겨 드리겠으니 당문은 그것을 최대한 빨리 대량생산해 달라는 것이 내 협상 조건이오."

"그 대가는?"

"대가는 아무 조건 없이 원하는 문파에 모두 나누어 주어야 한다는 것이오. 그렇게 하시겠소?"

중년인은 가라앉은 눈빛으로 당하성을 쳐다보았다.

당하성은 잠시 생각에 잠겼다. 책 속의 내용을 자세히 숙지하지는 않았지만 일견하기에도 중년인의 말대로 하려면 당문이 보관하고 있는 약 창고 속의 영약들을 모두 사용해도 모자랄 지경이었다. 그건 수만금의 황금을 투입하는 것이나 마찬가지다.

"당문의 약 창고가 거덜 나겠군요."

책을 넘겨보던 당상진이 신음처럼 중얼거렸다.

"멸문당하는 것보다는 낫지 않겠소. 아까도 말했듯이 당

문이 독의 종가이기 때문에 오히려 가장 먼저 당할 테
니……."

중년인은 당하성이 몇 달 동안 불면의 밤을 지새우며 했던
걱정을 냉정히 일깨웠다.

"알겠소. 그렇게 하겠소."

당하성이 마침내 고개를 끄덕였다.

창고에 금은보화가 주체하지 못할 정도라 하더라도 멸문
을 당하고 나면 무슨 소용이겠는가? 우선은 살아남는 것이
중요했다. 그러면 재산은 언젠가 다시 모을 수 있는 것이
다.

"고맙소. 최대한 빨리 제조해서 중원 각 문파로 퍼뜨려 주
시오."

중년인은 환한 표정과 함께 안도의 한숨을 내쉬었다.

"당문에서 제시간에 만들어낼 수 있을까요?"

당하성과 당상진이 희석된 독과 그 독의 해독약에 대한
제조법이 적힌 서책을 가지고 밖으로 부리나케 달려나간 후
중년인과 같이 온 여인이 약간은 불안한 기색을 하며 물었
다.

"그렇지 않으면 멸문당할 테니 최선을 다해 만들어내겠
지."

당문을 찾은 중년인, 영화전장의 총주는 묵묵히 고개를 끄

덕였다. 그의 표정에는 확신이 깃들어 있었다.

"아까는 조마조마해서 혼났어요."

영화전장 총주와 함께 온 여인, 정소채가 미소 띤 얼굴로 말하며 긴 한숨을 내쉬었다.

당하성을 상대하는 총주의 예측불허한 행동에 정소채는 숨을 멈추었다 내쉬기를 몇 번이나 반복했던 것이다.

"대체 왜 그러셨는지?"

"글쎄… 기 싸움을 한 면도 있었지만 그보다 당문주 당하성은 워낙 너구리 같아서 흥분을 좀 시켜야 본모습을 드러내지. 섣불리 달려들었다가는 열매만 따먹고 우리의 요구에 응하지 않을 것이고, 그럼 우리만 낭패를 보기 때문이지."

영화전장 총주는 입가에 미소를 피워 올렸다.

"정말 무서운 독이에요. 하지만 그 해독약을 만든 사람들은 더 무서운 분들이에요."

정소채는 소름이 돋는 듯한 표정을 지으며 총주의 눈치를 살폈다. 총주는 언제나 은자유림곡이라 불리는 곳의 사람들에 대해서만은 말을 아꼈다. 그래서 그들이 어떤 사람들인지 더욱 궁금해지는 정소채였다.

"세상 구석구석에는 별의별 사람들이 많은 법이지."

총주는 언제나 같은 말로 답변을 하고는 정소채를 주시했다.

“이제부터 네 역할이 중요하다. 이곳에 있으면서 해독약 제조가 차질없이 진행되는지 점검하고 다 만들어졌으면 당문이 약속을 지키는지도 확인해야 된다.”

총주의 목소리가 엄해졌다.

“총주님도 같이 계실 예정이 아니었나요?”

“난 급히 황궁으로 들어가 봐야겠다. 삼왕야의 움직임이 심상치 않다는 급보를 받았다.”

총주는 전음으로 말하고 몸을 일으켰다.

“그리고 모든 일을 마치고 나면 너는 소주에 있는 소향상회로 가서 그 친구에게 이것을 전하거라.”

총주는 한 장의 서찰을 정소채에게 내밀었다.

“그 친구라시면……?”

“봉황신녀 곡미령을 빼돌리며 만난 적이 있지 않느냐?”

“유진룡 공자 말인가요?”

“그렇다.”

“그 공자는 왜?”

정소채의 눈이 반짝거렸다.

식대세가에 문상을 갔다 오던 봉황신녀 곡미령과 그의 제자들은 어떤 자들에 의해 미행을 당했고, 우연히 곡미령 일행과 마주친 유진룡은 영화전장에 의뢰해 정소채와 그녀의 동료로 하여금 곡미령 일행의 대역을 시킨 후 무사히 그녀들을 빼돌렸다. 그때 혈마선(血魔扇) 염량을 상대하던 질풍 같은 유진룡의 모습이 생생히 떠올라 가슴이 뛰었다.

"만나서 그 서찰을 전해주면 그가 알아서 할 것이다."

총주는 더 이상 설명을 하지 않고 입을 다물었다.

第九十七章
귀향(歸鄉)

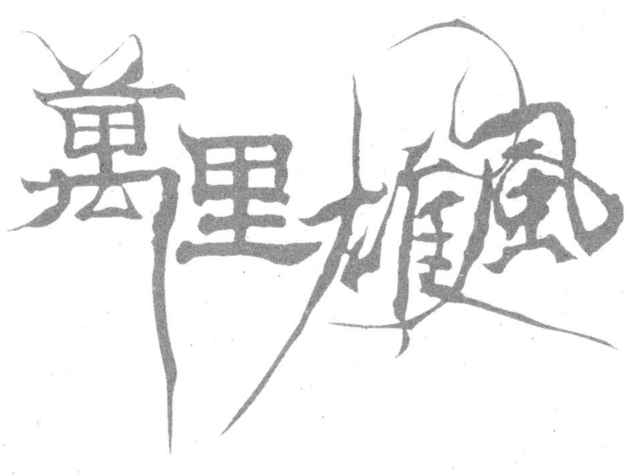

"**꿈**만 같군!"

소주가 가까워지는 길목에서 유진룡은 설레는 가슴을 주체하지 못하며 거듭해서 심호흡을 했다.

정주에서 곧장 소주를 향해 길을 달렸다. 그리고 내일이면 도착하게 되는 것이다.

그리 길지 않은 기간이있지민 시부외의 약속을 지키기 위해 그야말로 파란만장한 삶을 살았다고 할 수 있었다.

죽을 고비도 여러 번 넘겼고 중원의 끝에 있는 천산에까지 다녀왔다.

그 길고 긴 여정 동안 한시도 잊지 못했던 소주!

그 소주가 이젠 가까워지고 있었다. 그리고 그곳에는 소향 상회가 있고 동생들이 있다.

험난한 강호행의 이유였고 더 나아가 자신의 존재 이유이기도 한 동생들!

이제 그들이 하루의 거리 안에 있는 것이다.

유진룡은 다시 한 번 심호흡을 했다.

"어디 아픈가?"

철사홍이 미소를 머금은 채 불쑥 말을 걸었다.

그간 단리하연으로부터 유진룡과 동생들에 대해 세세하게 들은 철사홍인지라 지금 유진룡이 느끼는 감회를 충분히 짐작하고 있었다. 그래서 그의 입가에 걸린 미소가 더욱 짙어졌다.

"그게 아니라……."

유진룡이 씨익 웃으며 뒷머리를 긁적였다.

"후훗! 이럴 때 보면 사제는 어린애 같아!"

주애청도 웃음을 터뜨리며 단리하연을 쳐다보았다.

유진룡의 얼굴에 시선을 못 박은 단리하연의 얼굴에도 홍조와 함께 짙은 감회의 빛이 떠오르고 있었다.

"그럼 오늘은 밤잠을 반납하고 쉬지 않고 말을 달리도록 하는 게 어떤가, 사제? 한시라도 빨리 도착해야지."

철사홍이 유진룡의 심정을 헤아리며 말했다.

"그러실 필요까지는 없고…… 우선 사부님께 먼저 가보기로 합시다. 여기서 가까우니.”

“사부?”

“아버지?”

철사홍과 주애청이 동시에 대꾸했다.

주애청은 유진룡으로부터 아버지를 소주 인근에 모셨다는 말을 들었지만 그동안 까맣게 잊고 있었다. 그곳을 찾아본다는 생각을 딸인 자신보다 유진룡이 먼저 일깨웠다는 것이 너무 죄스러웠다.

마침내 주애청의 눈에서 눈물이 주르르 흘러내렸다.

“그래, 음식과 술을 준비해서 찾아보기로 해! 내가 먼저 그 생각을 해야 했는데… 난 불효녀인가 봐!”

주애청은 눈물을 훔치며 서두르기 시작했다.

“여깁니다.”

몇 시진 후 유진룡은 다른 사람들은 모두 객점에 머무르게 하고 주애청과 철사홍만 대동한 채 사부 무덤 앞에 도착했다.

수련을 마치고 이곳을 떠날 때는 그렇게 풀이 많이 자라지 않았는데 그새 잡풀이 무성하게 지라 사부의 봉분이 완전히 가려져 있었다.

유진룡은 가져온 낫으로 먼저 벌초부터 했다.

잠시 후 잡풀이 완전히 제거되고 봉분이 환히 드러났다.

“사부의 유언이 계셔서 수련 동굴 근처인 이곳에 안장했습니다. 사저께서 원하신다면 차후에 다른 곳으로 모시겠습니다."

유진룡이 주애청을 보며 말했다.

"아니야! 양지바르고 너무 경치 좋은 곳이야. 아버지는 사제와 함께했던 이곳을 떠나고 싶지 않을 거야."

주애청은 계속 눈물을 흘리며 고개를 저었다.

준비해 왔던 음식을 차리고 향을 피운 후 술을 따르고 절을 했다. 주애청은 내내 눈물을 그치지 못하고 눈이 발갛게 부어올랐다.

생전에는 단 한 번도 다정하게 대해주지 않아 원망만 가득했던 아버지!

그러나 그것이 딸을 살리기 위해 행한 피눈물을 삼키는 부정이었다는 것을 알았을 땐 이미 아버지는 이 세상 사람이 아니었다. 이제는 아버지의 마음을 다 알고 있다는 것조차 전하지 못한다는 사실이 주애청의 눈물을 내내 그치지 못하게 하고 있었다.

"이제 그만 울어, 사매. 사부도 사매 마음 다 알고 있을 거야."

철사홍의 거듭된 위로로 주애청은 겨우 울음을 멈추고 바위 절벽 위를 쳐다보았다.

"저곳이 사제가 수련했던 곳이야?"

주애청의 질문에 유진룡도 고개를 들고 동굴 입구 쪽을 쳐다보았다.

　예전에는 진식이 펼쳐져 입구는 가려져 있었는데 사부가 돌아가시고 자신마저 떠난 후 진식이 걷혔는지 입구가 훤히 드러나 보였다.

　유진룡은 고개를 끄덕여 답한 후 계속해서 그곳을 살펴보았다. 혹시라도 새로운 주인이 기거하고 있지 않나 싶어서였다. 그러나 동굴 안에서는 어떤 기색도 느껴지지 않았다.

　"어떤 곳인지 궁금해."

　주애청이 궁금증을 드러냈다. 아마도 동굴 속에서 아버지의 체취나마 느끼고 싶은 모양이었다.

　"저도 그간 어떻게 변했는지 궁금하군요."

　유진룡도 고개를 끄덕였다.

　"그럼 한번 둘러보는 게 어떤가?"

　철사홍이 제안을 했다.

　"그렇게 하지요."

　대답과 함께 유진룡은 몸을 날렸다. 뒤를 따라 철사홍과 주애청도 땅을 박찼다.

　바위 절벽을 두어 번 박차며 동굴 입구의 바위 턱에 세 사람이 날아올랐을 때 동굴 안에서 악취가 물씬 풍겨났다.

　"뭐지?"

　유진룡은 인상을 찌푸리며 화섭자를 꺼내 불을 당겼다.

　푸드득!

화섭자를 짙은 암흑이 가득 들어찬 입구로 밀어 넣었을 때 무수한 날갯짓 소리와 함께 엄청난 숫자의 박쥐들이 날아 나왔다.

주애청이 비명을 지르며 몸을 움츠렸다.

"어이쿠! 저리 가, 저리!"

철사홍도 갑작스런 상황에 당황했는지 검을 뽑을 생각도 못한 채 연신 두 팔을 흔들어 박쥐 떼를 쳐냈다.

한참이 지나서야 모든 박쥐 떼가 동굴을 빠져나갔다.

사부가 기거하고 자신과 백호, 흑웅이 있을 때는 한 마리도 얼씬하지 않던 놈들이 어디서 몰려왔는지 동굴의 새 주인이 되어 있었다. 동굴 안에서 연신 흘러나오는 악취는 박쥐의 배설물 때문이었다. 그것을 증명하듯 바닥에는 박쥐의 배설물이 두텁게 쌓여 있었다.

"들어갈 수 없을 것 같습니다. 그만 내려가시지요."

유진룡의 권유에 아버지의 체취나마 맡으려 했던 주애청은 쓸쓸히 고개를 끄덕였다.

"비록 아버지의 무덤은 이곳에 계시지만 그 정신은 사제의 가슴속에 고스란히 깃들어 있으니 됐어. 그만 내려가. 그리고 어서 소향상회로 가."

주애청이 먼저 몸을 날렸다.

*　　　*　　　*

"소고 오빠, 어서 일어나! 어서, 어서!"

소향상회의 안채에서 소녀의 목소리가 날카롭게 울렸다.

어린 티는 벗은 목소리였지만 그 목소리에는 어린 소녀들보다 더한 흥분의 기색이 고스란히 담겨 있어 종잡을 수 없을 정도였다.

"어서, 어서 일어나라니까, 소고 오빠!"

소녀의 목소리가 더욱 크게 흘러나왔다.

"무슨… 일이야. 새벽 댓바람부터?"

침상에서 상체만 겨우 일으킨 소고가 인상을 찌푸리며 고함을 지른 소녀를 뚱하니 쳐다보았다.

소녀는 유선이었다. 평소 명랑하고 쾌활한 성격이었지만 양혜란을 빼면 여자들 중 제일 나이가 많은 그녀는 이젠 소녀 티를 벗어나고 있었다. 그런 녀석이 남자가 자는 방에 해가 뜨기도 전에 닥쳐들고 고함을 지른 것은 도저히 이해가 가지 않았다.

"어서, 어서! 혜란 언니가 불러!"

유선이는 다시 고함을 질렀다.

"집에 불이라도 난 거야?"

양혜란이 부른다는 말에 소고는 고개를 이리저리 돌려 동정을 살폈다. 그러면서도 여전히 그대로 앉아 있었다. 이불 속의 아랫도리는 고의 하나만 걸치고 있었기 때문이다.

"그게 아니라… 대장, 대장이 오고 있다는 소식이야."

유선이가 숨을 헐떡이며 대답을 토했다.

"뭐라고!"

소고는 벼락을 맞은 듯 몸을 일으켰다.

"꺄아악—"

거의 알몸인 소고의 아랫도리를 본 유선이가 비명을 지르며 달려나갔다.

"어서, 어서 세수하고 제일 좋은 옷으로 갈아입어, 어서!"

양혜란은 동생들을 정신없이 몰아붙이며 사방으로 뛰어다녔다.

"언니!"

보다 못한 유선이가 고함을 지르며 양혜란의 주의를 일깨웠다.

"으응?"

양혜란이 유선이를 쳐다보며 자신의 처지를 깨닫고는 쓴웃음을 지었다.

지금껏 자신이 돌보아온 동생들을 최대한 의젓한 모습으로 만들어 유진룡을 맞이해야 된다는 생각에 동분서주하다가 정작 자신은 세수도 하지 않고 옷도 제대로 입지 않은 침의 차림이었던 것이다.

양혜란은 흘러내린 머리카락을 쓸어 올렸다. 그리고는 두

뺨에 손을 댔다. 양쪽 뺨이 불에라도 댄 듯 달아올라 있었다.

'대장……'

양혜란은 속으로 나직하게 유진룡을 불렀다.

동생들과 자신의 울타리며 하늘이었던 유진룡이 긴 여정을 마치고 이곳으로 돌아오고 있었다.

동생들을 사람답게 살게 해주기 위해 맺은 계약을 이행하느라 그간 얼마만한 고초를 겪었는지 이젠 세세하게 안다.

죽을 고비도 넘기고 중원의 끝이라 할 수 있는 천산에까지 다녀왔다 들었다. 그리고 이젠 예전보다 더 고수가 되었다고 했다. 그런 대장이 이곳에 오면 자신들은 천하에 겁날 것이 없고 온 세상을 다 얻은 것 같을 것이다.

이성으로서 끌리는 마음은 차돌보다 더 단단하게 단속해 두었지만 온통 흥분되고 안절부절못하는 마음은 어쩔 수 없었다.

"나도 좀 씻고 옷 갈아입을 테니 지금부터는 네가 동생들을 보살펴."

양혜란은 유선이에게 뒷일을 부탁하며 서둘러 자신의 방으로 갔다.

"염려 붙들어 매셔!"

유선이가 활짝 웃으며 양혜란의 역할을 대신하며 동생들을 몰아붙였다.

그 시간 소고는 소고대로 남자아이들을 몰아붙이며 고함을 지르고 있었다.

"내 말, 무슨 뜻인지 알아들었지? 이젠 너희들도 어린애가 아니란 말이다. 비록 대장이 반갑기는 하지만 헤어질 때처럼 와앙! 울며 달려들지 말고 의젓하게 나서서 손만 척 내밀란 말이다. 알아들었나, 짜샤!"

소고의 격앙된 고함 소리가 온 방 안을 울렸다.

"형이 제일 못 참을 거면서……."

꼬맹이 티를 벗어던진 소년 하나가 피식 실소를 흘렸다.

"이 자식이!"

소고가 소년의 머리를 쥐어박았다. 소년이 인상을 쓰며 뒤로 물러섰다.

"다시 말하는데… 대장은 예전의 대장이 아니다. 칠 척 거한에, 무림의 고수가 되어서 회주님과 함께 돌아온단 말이다. 그런데 너희들은 철이 덜 든 그때의 그 코흘리개 모습으로 있으면 대장이 얼마나 기가 막히겠느냔 말이다."

소고가 이번에는 주먹까지 흔들며 고함을 질렀다.

"그런 걱정 마셔. 그동안 철이 제일 덜 든 사람은 소고 형이잖아."

다른 소년 하나가 맞받아쳤다.

"이 자식들이 그동안 조금 풀어줬더니……. 모두 마당에 집합!"

소고가 폭발하며 몽둥이를 집어 들었다. 소년들이 주춤거리며 소고의 눈치를 살폈다.

평소에는 느물거리며 양혜란과, 심지어는 회주의 속까지 뒤집어놓았지만 이렇게 화를 내면 물불을 가리지 않는 소고였기 때문이다.

"어서 집합하지 못해!"

소고가 몽둥이를 휘둘렀다. 몽둥이 끝에서 제법 날카로운 파공음이 울렸다. 그제야 장난이 아님을 느낀 소년들이 우르르 몰려나갔다.

"무슨 짓이야? 아직 세수도 안 하고…… 옷도 안 갈아입고!"

소녀들의 치장을 모두 끝내고 이곳으로 온 양혜란이 기가 막힌 듯 소년들을 쳐다보았다.

지금까지 제법 시간이 지났는데도 소고를 비롯한 소년들은 자리에서 일어났을 때의 모습 그대로를 유지하며 딴짓만 하고 있었던 것이다.

"소고, 너!"

양혜란이 눈에 쌍심지를 돋우었다.

"시키는 짓은 하나도 하지 않고 대체 지금까지 무얼 한 거야? 대장이 곧 도착할지도 모르는데."

양혜란의 목소리에 시퍼렇게 날이 섰다. 이럴 때는 소고보다 몇 배는 더한 양혜란이었다.

"도착하려면 아직 한참 남았다는데 뭘 벌써……."

소고가 불평을 했다.

"대체 지금까지 무얼 하고 있었던 거야? 씻고 제일 좋은 옷으로 갈아입으란 소리 못 들었어?"

양혜란의 눈초리가 더욱 매서워졌다.

"우리가 뭐 홍루의 기녀가? 좋은 옷은 무슨……."

소고가 뚱하니 대꾸했다.

"시끄러! 어서 씻고 옷 갈아입지 못해!"

양혜란이 최고조로 날카로운 고함을 질렀다.

"아, 알았어. 어서 씻고 옷 갈아입어!"

더 이상 성질 돋우었다가는 당장 아침부터 굶어야 한다는 것을 익히 알고 있는 소고는 얼른 동생들을 안으로 몰아넣었다.

'대장…….'

우르르 몰려가는 동생들의 뒷모습을 바라보는 소고의 얼굴에 주체할 수 없는 홍분의 빛이 넘쳐 나고 있었다.

*　　　*　　　*

끼이익—

양혜란이 새벽 댓바람부터 소란을 피운 것과는 달리, 점심때가 가까워서야 말발굽 소리가 들리며 소향상회의 바깥채 대문이 활짝 열렸다.

반년이 훨씬 넘는 동안 출타했던 회주의 귀환에 모든 식솔들과 호원무사들이 대문을 바라보며 도열해 있었다. 그들 가운데 양혜란과 소고, 그리고 다른 소년 소녀들도 별빛처럼 눈을 빛내며 뚫어져라 대문 밖을 쳐다보고 있었다.

따각—

따각—

마차의 발굽 소리가 가까워졌다.

쿵!

쿵!

심장이 두방망이질치는 소리가 말발굽 소리들을 지워 나갔다.

푸르륵! 하는 투레질 소리가 들리며 제일 선두의 말이 머리를 드러냈다. 그리고 다른 말들이 뒤따라 들어왔다.

드디어!

어자석에 앉아 말고삐를 잡은 유진룡의 모습이 정문 안을 꽉 채울 듯 나타났다.

"대… 장."

누군가 불식간에 신음 같은 음성을 흘렸다.

"워, 워!"

말고삐를 흔들어 마차를 세운 유진룡이 천천히 어자석에서 내렸다.

어자석에 앉아 있을 때도 커 보였지만 내려서니 더 커 보였다.

하늘이 무너져 내린다고 하더라도 굳건히 받쳐 줄 것 같은 넓은 어깨와 군살 하나 없으면서도 철탑같이 튼튼한 몸매는 그야말로 사원을 지키는 신장(神將) 같았다.

씨익—

동생들의 성장한 모습이 믿어지지 않는다는 듯 잠시 멍하니 쳐다보던 유진룡이 한줄기 미소를 피워 올렸다.

미소!

아무런 말없이 어린애처럼 웃는 그 미소에 소고는 굳게 다잡은 마음이 와르르 무너져 내리는 것을 느꼈다.

동생들을 지켜주기 위해 소주의 뒷골목에서 더 큰 놈들과 싸우고 돌아와서는 터지고 부어오른 얼굴로 저렇게 웃으면 자신과 동생들은 세상을 다 얻은 것 같은 환호성을 질러댔다.

유진룡의 그 미소는 내일도 이 골목에서 쫓겨나지 않고 살 수 있다는 무언의 확답이었고 한없는 안도감이었다.

그 대답이 지금도 들려오고 있었다.

"대장!"

손만 내밀어 악수만 하라고 한 신신당부를 스스로 깨뜨린 소고가 바람처럼 앞으로 달려나갔다.

"대장!"

"대장!"

소고를 따라 다른 아이들도 다투듯이 앞으로 뛰쳐나갔다.

"와앙!"

누군가 울음을 터뜨렸고 그것이 기폭제가 되어 한 덩어리가 된 울음이 터져 나왔다.

한참 동안 그렇게 시간이 정지되어 있었다.

회주 단리하연과 철사홍, 주애청 등도 정지된 시간 속에 갇혀 움직임없는 정물이 되어버렸다.

"많이들 컸구나!"

동생들을 떼어낸 유진룡이 감개무량한 목소리로 말했다. 그리고 정지되었던 시간이 다시 흘러가기 시작했다.

"대장! 정말 돌아온 거죠? 다시는 안 떠나는 거죠?"

"그래! 이젠 이곳에서 너희들 봉양받으며 늙어 죽을 때까지 살련다."

유진룡이 고개를 끄덕였다.

"그래요, 대장. 이젠 우리가 대장 먹여 살리고 보살필 테니 대장은 아무것도 하지 말고 태호에서 낚시만 해요."

어린 티를 벗은 소녀 하나가 눈물을 닦으며 말했다.

"그래요, 대장. 그동안 너무 고생했어요. 이젠 우리 차례예요."

유선이도 활짝 웃으며 다부지게 말했다.

"하하하! 난 이제 할 수 없이 한량이 되어야겠구나. 그건 그때 일이고… 일단 들어가자."

유진룡이 유쾌하게 웃으며 안으로 걸음을 옮겼다. 그제야 대문 안으로 반쯤 들어와서 정지해 있던 마차도 들어오고 마중나갔던 호원무사들과 한덕무 일행도 소향상회 안으로 들어왔다.

"와하하!"
"하하하!"
뒷골목을 탈출하고 소향상회로 왔던 날 회주와 마주 앉아 차를 마시고 반쪽으로 잘린 금불상을 놓고 협상을 했던 그 탁자 주위로 모두 둘러앉아 식사를 하며 왁자한 웃음이 끊이지 않았다.

그리고 밖에서는 잔치 준비가 한창이었다.

비록 정도맹에서의 군수품 조달 계약은 처음 예상만큼 따내지 못했지만 유진룡의 활약(?)으로 신주상단으로부터 반을 되돌려받기로 다짐을 받은 소향상회는 이젠 중원의 다섯 손가락 안에 드는 대상단이 될 터였다.

그것도 자축할 겸, 유진룡과 회주의 무사 귀환도 환영할 겸 자연스레 잔치 준비가 시작된 것이다.

푸짐한 점심을 먹은 후 차를 마시며 유진룡은 감회에 젖었다.

여기 이 자리는 하나도 변한 것이 없었다.

탁자도 그대로였고 의자 역시 그때 금불상을 놓고 협상을 할 때 그대로였다.

또한 실내 주변을 장식하고 있는 화분이나 각종 분재들도 예전 그대로 하나도 바뀌지 않은 것 같았다.

정문을 들어서며 본 소향상회의 외향은 그동안 제법 바뀌어 있었다. 새것으로 단장된 곳도 많았고 신축된 건물도 눈에 띄었다. 그런데 이곳은 단 한 군데도 바뀌지 않았다. 그건 아마도 그날을 잊지 않으며 기억하고 기념하려는 단리하연의 의도 같았다.

"대체 대장은 뭘 먹었기에 그렇게 컸나요?"

유선이가 잠시의 틈도 용납 못하고 다시 질문을 던졌다. 이제까지 제일 많이 질문한 그녀였다.

이곳에 맡겨놓고 갈 때는 어린 티를 벗지 못했는데 이젠 숙녀 티가 나며 유진룡과 눈이 마주칠 때는 쑥스러워하는 빛과 함께 얼굴에 홍조를 피워 올리기까지 했다.

"이것저것 가리지 않고 먹다 보니 이렇게 컸다."

유진룡은 씨익 웃으며 답했다.

"우리도 가리지 않고 아무거나 먹었지만 그렇게 많이 크지는 못했는데……"

유선이 옆에 앉은 추혜라는 소녀도 얼굴에 홍조를 띠며 유진룡에게 시선을 못 박았다. 그러고도 여기저기서 쉴 새 없이 유진룡을 향해 질문들이 쏟아졌다.

그런 질문들은 단리하연의 등장과 함께 겨우 멈추어졌다. 단리하연은 시비 두 명과 함께 무언가를 들고 들어왔다.

"가져왔어요."

단리하연은 들고 온 물건을 유진룡에게 건넸다. 그것은 비단 보자기로 싸여 있었는데, 책 두어 권을 감싼 것 같았다.

"나는 그동안 많이 컸으니 이젠 너희들이 얼마나 컸는지 확인해 봐야겠다."

유진룡이 미소 띤 얼굴로 동생들을 쳐다보았다.

"난 별로 안 컸는데……."

그중에서 키가 제일 작은 소녀가 기어들어 가는 목소리로 말했다.

"그건 두고 봐야 알겠지."

의미심장한 미소와 함께 유진룡은 앞에 놓인 물건을 끌어당겨 비단 보자기를 풀었다.

궁금증 가득한 시선들이 비단 보자기에 모이며 침이 넘어가는 소리가 들려왔다.

"엇!"

두 겹으로 싸인 보자기를 모두 푼 유진룡이 놀란 눈으로 보자기 안의 물건을 쳐다보았다.

"어머나!"

"우와!"

소년과 소녀들도 눈이 둥그레지며 보자기 속에서 드러난 물건에 시선을 떼지 못했다.

철사홍과 주애청, 한덕무도 반짝거리는 눈으로 시선을 모았다.

보자기 속에서는 찬란한 금빛이 쏟아져 나와 탁자 주변을 황금색으로 물들이고 있었다.

황금색 물건을 한참 쳐다보던 유진룡은 눈을 들어 단리하연을 쳐다보았다.

"함부로 보관해서는 안 될 물건 같아서 제가 조금 치장을 했어요."

유진룡의 시선을 받은 단리하연이 담담한 미소를 지었다.

"이렇게까지 할 필요는 없었는데……."

유진룡은 금빛 찬란한 물체를 쓰다듬으며 그곳에 음각된 글자들을 한참이나 쳐다보다가 동생들에게 눈을 돌렸다.

"이건 소주 뒷골목에 살 때 너희들의 꿈을 적은 나무판이다. 또한 그곳을 탈출할 때 내 목숨을 구해준 물건이기도 하지. 다들 기억하겠지만 이곳에 너희들을 맡길 때 회주님께 같이 맡겼는데 회주께서 글자들을 한 자, 한 자 파내고 금박을 하여 보관하고 있었구나."

유진룡은 다시 한 번 금박된 나무판을 조심스럽게 쓰다듬었다.

"아까 말했듯이 이젠 너희들이 얼마나 컸는지 보자꾸나. 제일 먼저 희문이!"

유진룡이 나무판의 제일 첫 줄에 쓰인 이름을 외쳤다.

“네, 대장!”

열대여섯쯤 된 소년이 벌떡 일어서며 답했다.

“그렇게 일어설 필요까진 없다. 그리고 이젠 대장이라고 부르지 말고 오빠나 형이라고 불러라.”

유진룡은 여전히 옛날 호칭으로 자신을 부르는 동생들을 향해 말했다.

“오빠?”

“형?”

동생들이 멀뚱거리며 새로운 호칭을 읊조려 보았다.

“에이! 맘에 안 들어요. 대장이 훨씬 좋아요!”

유선이가 인상을 쓰며 소리를 질렀다.

“그래요. 아저씨라면 또 모를까, 오빠는 좀 그래요.”

다른 소녀들도 고개를 저었다.

“그래요, 대장이 훨씬 좋아요!”

“이 녀석들이…….”

유진룡이 쓴웃음을 지었다. 덩치 차이가 많이 나지만 아무리 그래도 아저씨 소리는 어이없었다.

“한 번 대장은 영원한 대장이에요.”

유진룡의 의도가 먹혀들지 않고 그렇게 의견이 모아지자 오라버니와 형이라고 부르기로 했던 양혜란과 소고도 다시 대장이라고 부르기 시작했다.

유진룡이 고개를 저으며 희문이란 소년을 자리에 앉혔다.

"네 꿈이 뭔지 잊지 않았겠지?"

유진룡이 깊은 눈으로 소년을 쳐다보며 물었다.

"물론이지요. 그동안 회주님과 혜란 누나를 통해 귀에 못이 박히도록 듣고 되새겼으니까요."

소년이 미소와 함께 고개를 끄덕였다.

"그래 얼마나 컸느냐, 양곡상 주인이 되겠다던 네 꿈은?"

유진룡이 다시 물었다.

"그동안 소주 바닥의 양곡상은 다 돌아다니며 무료로 일을 도와주었습니다. 그래서 어떤 양곡상에서 얼마만큼 수익이 있고, 어떤 곡식들이 어떤 시기에 어느 곳으로 제일 많이 팔리는지, 그해 작황 상태에 따른 가격은 얼마로 책정되는지, 한 해도 빠지지 않고 적어왔습니다. 그래서 이젠 안 적어도 훤히 알 수 있습니다. 또한 올해는 가격이 얼마나 될지 예측도 가능합니다."

희문이란 소년이 자신만만한 표정으로 답했다.

"그럼 지금 당장이라도 가게를 차릴 수 있겠구나?"

유진룡이 얼굴 전체로 짙게 번진 웃음과 함께 물었다.

"아직은 좀 부족합니다."

희문이 고개를 저었다.

"뭐가 문제냐?"

유진룡의 얼굴에 한가닥 의혹이 일었다.

"소주 바닥에서만 놀려면 당장 가게 하나를 차려도 되겠지만 전 좀 더 준비해서 더 크게 놀고 싶습니다.”

소년이 당차게 말했다.

유진룡의 얼굴에 떠오른 미소가 조금 더 짙어졌다.

“제법 많이 컸구나. 하지만 허황된 꿈을 꾸는 건 아니겠지?”

“물론입니다. 꿈은 크게 정했지만 처음부터 절대로 허황되게 벌릴 생각은 없습니다. 차근차근 목표를 이뤄 나가야지요.”

소년의 얼굴에 열의가 가득했다.

“좋아, 접수하겠다. 그다음… 여금이!”

유진룡이 두 번째 줄에 새겨진 이름을 외쳤다.

“네, 대장!”

이번에는 열네 살쯤 되어 보이는 여금이란 소녀가 대답하며 긴장된 표정을 했다.

“전 그동안 꿈을 바꾸었는데…….”

소녀가 유진룡의 눈치를 살폈다.

“그건 상관없다. 철부지 시절 생각이 완벽할 순 없기에……. 하지만 너무 자주 바뀌는 건 좋지 않다.”

유진룡이 고개를 끄덕이며 답했다.

“네! 한 번밖에 안 바뀌었어요.”

소녀가 안도한 표정으로 말을 이었다.

“그때 대장에게 불러줄 땐 예쁜 옷 매일 입고 싶어서 포목점하고 싶다고 했는데… 그건 너무 유치한 발상이었고 적성에도 안 맞는 것 같아서 더 하고 싶은 노리개와 보석 판매점으로 바꿨어요."

"그래? 그래서 얼마나 키웠느냐, 그 꿈은?"

"회주님과 혜란 언니에게 부탁해서 중원 전역에 있는 온갖 노리개에 대해 모두 조사하고 분류해 보았어요."

"그래서?"

유진룡의 얼굴에 다시 미소가 떠올랐다.

"처음에는 모두 그게 그거 같았는데 이젠 어떤 게 가짜고, 어떤 게 전통을 이어받은 진품 노리개인지 금방 알 수 있어요. 그리고 어떤 연령층이 어떤 노리개를 좋아하고 어떤 지역에서 어떤 노리개가 많이 나가는지 파악하고 있어요. 노리개가 다 파악되면 다음으로는 보석에 대해서도 공부를 하고 가게를 낼 생각이에요."

대답을 마친 소녀의 얼굴에서도 열의가 가득 떠올랐다.

"많이 컸구나. 그것도 접수하겠다. 다음, 호삼!"

유진룡은 금박 입힌 나무판에 적힌 순서대로 하나하나 확인해 나갔다.

질문과 대답은 두 시진에 걸쳐 쉬지 않고 이어지며 뜨겁게 달아오른 열기가 온 실내를 데워 나갔다.

그 열기가 뜨거워지는 만큼 유진룡의 미소도 짙어졌고 옆에서 지켜보는 단리하연과 양혜란의 표정도 달아올랐다.

흑표 한덕무는 때때로 고개를 설레설레 저었다. 소주 뒷골목을 탈출하던 그날, 소향상회를 단순한 피난처로 잡은 줄 알았는데 그 피투성이 몸으로 금불상을 내밀고 그런 거래까지 한 후 또 다른 거래를 이행하기 위해 날이 밝기도 전에 떠났다는 것이 좀처럼 상상이 되지 않은 것이다.

처음에는 무얼 하는지 몰라 멀뚱거리던 철사홍도 주애청과 함께 두 시진 동안 그 자리에서 꼼짝도 않고 쳐다보고 있었다. 철사홍이 한자리에 이렇게 오래 앉아 있기는 태어나서 처음이었다.

"마지막으로… 소고!"

동생들의 대답을 들으며 시종일관 미소를 머금고 있던 유진룡이 일순간 미소를 싹 지우며 소고를 불렀다.

소고가 뭉기적거리며 인상을 썼다.

"뭐냐? 넌 왜 대답 안 해?"

유진룡의 눈빛이 차가워졌다.

"에이— 형, 아니, 대장. 난 좀 빼 주지. 애들 앞에서 쑥스럽게……."

소고가 느물거리며 미소를 피워 올렸다. 동생들 중 그래도 제일 크니 대접을 해달라는 소리였다.

"하택이! 너 나가서 몽둥이 하나 가져와!"

유진룡이 하택이에게 고함을 쳤다.

"네, 대장!"

어릴 때 있던 머리 부스럼은 없어졌지만 여전히 행동이 굼뜬 하택이가 이번에는 번개처럼 움직였다.

"장명이 형과 혜란이 누나도 생략했잖아요?"
소고가 볼멘소리를 했다.
"내가 네놈과 같냐? 조그만 녀석이 같이 놀려고……."
이장명이 눈을 부라렸다.
"키는 내가 더 큰데요 뭘……."
소고가 불퉁거리며 여전히 대답을 미루었다.
"난 네놈이 제일 걱정이다. 그리고 꿈도… 과수원이란 것
이 믿음이 안 간다."
유진룡이 날카로운 눈으로 소고를 쳐다보았다.
"믿음이 안 간다니요?"
소고가 와락 인상을 썼다.
"땅은 정직한 곳이다. 땀과 정성을 쏟아부은 만큼 되돌려
주는 곳이 바로 땅이지. 한량들이 하다가 안 되면 농사나 짓
지 하는 말만큼 건방진 말이 없다. 다른 것도 제대로 못하는
놈들이 어떻게 농사를 짓는단 말이냐."
"나를 아예 못 믿는군요, 형은?"
소고가 더 심하게 툴툴거렸다.
"네 녀석은 불량기가 다분해서… 그래서 틈만 나면 도망치
려 했다고 들었다."
"그거야 형, 아니, 대장 다시 만나기 전에 그랬죠."
소고가 억울한 듯 양혜란을 쳐다보았다.
양혜란이 미소와 함께 입을 열었다.

“소고 말이 맞아요, 대장. 그동안 소고는 과수원을 차리기 위해 열심히 노력했어요. 그래서 지금 키우고 있는 묘목만 해도 천 그루가 넘어요. 후원 옆쪽에 새로 지은 건물이 양묘장이에요.”

양혜란이 안심하란 눈빛으로 말을 맺었다.

“놀라 자빠질 지경이로군. 네 녀석이 묘목을 천 그루나 키우다니…….”

유진룡은 믿어지지 않는다는 눈빛으로 단리하연을 쳐다보았다. 단리하연도 양혜란과 같은 미소로 고개를 끄덕였다.

“그러게 사람을 겉만 보고 평가하지 말라니까요, 대장. 난 나무가 좋아요. 예전에도 돈 생기면 대장한테 다 갖다주지 않고 조금씩 땅에 파묻었어요. 하지만 돈은 아무리 깊게 파묻어도 한 푼도 늘어나지 않지만 묘목은 땅에 파묻고 거름과 물을 주면 점점 크게 자라서 열매를 맺죠. 십 년만 기다려요, 대장! 세상에서 제일 좋은 과일을 대접할 테니.”

소고의 얼굴에서도 열기가 감돌았다.

유진룡은 비로소 아까와 같은 미소를 지었다.

“좋아! 접수한다. 모두들 많이 컸구나. 이로써 몽둥이는 필요 없게 되었다. 그리고 내가 그간 고생한 보람을 확실히 느낀다.”

유진룡은 환하게 웃었다. 그를 따라 모든 사람들이 같이 웃었다.

“하지만 명심해라. 힘들다고 중간에 포기하든지, 좀 빨리 이루려고 나쁜 짓을 하면 내 손에 죽는다!"

유진룡이 주먹을 쥐며 으르렁거렸다.

"시어머니가 따로 없다니까!"

소고가 다시 툴툴거렸다.

"우리가 힘들 땐 대장이 도와줄 거잖아요. 그런데 뭐가 걱정이에요?"

노리개와 보석 가게를 하겠다는 여금이가 여전히 홍조 띤 얼굴로 말했다.

"이제부터는 나보다는 자기 자신을, 그리고 너희들 스스로를 더 믿어라. 너희들끼리 똘똘 뭉쳐 힘들 때마다 서로 도와주면 내가 없어도 아무 걱정 없을 것이다."

"대, 대장!"

내내 미소를 잃지 않고 있던 양혜란이 급하게 소리를 질렀다.

"대장, 왜 그런 말을……? 다시 어디 가는 건가요?"

유선이도 걱정스런 표정으로 물었다. 그리고 다른 아이들의 표정도 급격히 굳어졌다.

"그게 아니라…… 칼날 위를 걸어가는 무인의 삶이란 한 치 앞을 예측할 수 없어서 하는 말이다. 하지만 너무 걱정할 것 없다. 난 이젠 혼자가 아니고 추풍신검이란 별호로 온 중원이 두려워하는 사형도 있고, 그에 못지않은 사저, 그리고 탈출하는 날 우리를 도왔던 흑표 형도 있으니까 말이다."

유진룡이 철사홍과 주애청에게로 눈길을 던지자 어마어마한 체격과 얼굴을 뒤덮은 구레나룻 때문에 겁을 먹고 있던 모든 소년 소녀들이 철사홍과 주애청을 향해 호의 가득한 시선을 보냈다.

"험, 험!"

모든 시선을 한 몸에 받고 머쓱해진 철사홍이 헛기침만 했다.

"그리고 이것이 앞으로도 날 지켜줄 것이다."

유진룡은 금박이 칠해진 나무판을 비단 천으로 싸서 품속에 집어넣었다.

"이젠 짐을 풀고… 저녁에 다시 모여 코가 삐뚤어지게 마시자!"

"그래요, 대장. 밤새도록 마셔요."

"우리도 끼워줘요, 대장!"

"머리에 피도 안 마른 것들이……."

"소고 오빠는 괜히……."

동생들의 들뜬 목소리들을 뒤로한 채 유진룡은 실내를 벗어났다.

그의 발걸음이 구름을 밟는 것처럼 가벼워 보였다.

第九十八章
너무나 짧은 평화

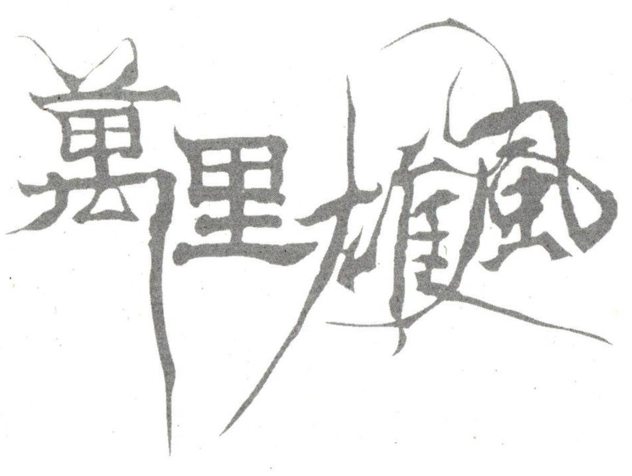

"**대**장!"

숙소에서 짐을 풀고 있는 유진룡에게로 양혜란이 왔다. 그녀의 손에는 보따리가 하나 들려 있었다.

"들어와! 하지만 도와줄 것은 없군."

짐이라고는 옷가지 몇 벌뿐인지라 미리 준비되어 있는 숙소의 짐 위치만 조금 바꾸고 있던 유진룡은 손을 놓고 차를 준비했다.

"얼마 전에 웅탁이가 왔다 갔어요."

탁자를 마주한 양혜란이 말했다.

"웅탁이가?"

유진룡은 눈을 크게 떴다.

아직까지 마웅탁은 석대가문에 있는 줄 알았는데 이곳에 왔다니 천만뜻밖이었다.

"그런데 또 어디 간 거야, 그놈은?"

유진룡은 인상을 쓰며 물었다.

이왕 온 김에 조금 진득하게 머물렀으면 만났을 것인데 또 어디로 떠나 만나지 못한 데 대한 야속함이 일었다.

"여기서 이틀 머물고 다시 가볼 데가 있다고 떠났어요."

양혜란도 쓸쓸한 표정으로 말했다.

"왜? 그새 무슨 일이 있었던 거야?"

양혜란의 음성이 너무 가라앉은 것을 느낀 유진룡이 양혜란을 유심히 쳐다보며 물었다.

"아, 아니에요. 그냥 괘씸해서!"

양혜란이 당황한 기색과 함께 서둘러 답했다.

"그래, 괘씸한 녀석이야!"

유진룡은 고개를 끄덕였다.

"정말 괘씸해요."

양혜란은 내심을 감추며 찻잔을 들어 올렸다.

처음에는 반가운 심정에 묻혀 의식하지 못했지만 마웅탁의 마음은 하루가 지나기도 전에 알아차릴 수 있었다.

더 이상은 코흘리개 동료가 아닌, 남자의 눈빛, 남자의 향기!

마웅탁의 눈빛과 행동에서 그것을 느낄 수 있었다.

어쩌면 그 때문에 바쁜 여정의 발길을 돌려 이곳에 들렀을지도 몰랐다. 그리고는 이틀을 머물다 떨어지지 않는 발길을 옮겨 떠났다.

'머저리!'

양혜란은 속으로 마웅탁에게 소리를 질렀다.

그런 절절한 감정을 안고 왔으면 솔직히 고백이라도 하든가…….

금방이라도 넘쳐흐를 듯한 감정의 봇물을 마웅탁은 끝내 다스리며 이틀 후 이곳을 떠났다.

그것이 야속했고 더 나아가 괘씸한 마음까지 들었다. 하지만 그런 심정은 결국 진한 안타까움으로 남았다.

한 번도 속을 열지 않았지만 마웅탁이 짊어진 운명의 굴레는 유진룡이 짊어진 짐보다 절대 가볍지 않은 것 같았다. 이번에 그것이 확연히 느껴졌다.

그 굴레의 무게에 눌려 끝내 아무 말도 못하고 작별 인사만 하던 마웅탁의 눈빛이, 그 심정이 이젠 그리움으로 다가온다.

유진룡에 대한 감정은 접은 지 오래였다.

유진룡에게 있어 자신은 돌보아야 할 동생들 중 한 명일뿐이었다. 무심한 이 사내는 여전히 그랬다.

억지로 마음의 문을 열자면 못 열 것도 없지만 이 사내에겐 단리하연이 있다. 아니, 단리하연에겐 이 사내가 전부다. 지금 단리하연에게서 유진룡을 떼어낸다면 그녀는 얼마 못 가 말라 죽을 것이다. 유진룡을 쳐다보는 단리하연의 눈빛에서, 숨결에서 그것을 절실히 느낄 수 있었다.

양혜란은 나직한 한숨과 함께 상념을 접었다.

"어디로 가는지는 말하지 않고?"

유진룡이 다시 물었다.

"알려줄 인간 같았으면 처음부터 알려줬겠죠."

"그래. 그 말이 맞아."

유진룡이 고개를 끄덕이다가 뭔가 생각난 듯 갑자기 눈을 빛냈다.

"혹시 그놈… 왕족 아닐까?"

"푸훗!"

유진룡의 엉뚱한 발상에 양혜란은 실소를 터뜨렸다.

"왕족이 뭐가 아쉬워 소주 뒷골목에서 살겠어요."

"그야 모르지……. 권력 다툼에서 밀려나 몸을 숨기고 살 았는지도."

유진룡은 여전히 진지하게 답했다.

"언젠가 알게 되겠죠. 이번이 마지막이고, 다음에는 완전 히 돌아온다고 했으니 그땐 정체를 밝히겠죠."

양혜란이 기대감 어린 음성으로 말했다.

"그런데, 그건 뭐냐?"

유진룡은 양혜란이 가져온 보자기를 보며 물었다.

“어머! 내 정신 좀 봐! 이것 때문에 왔는데.”

양혜란은 보자기를 서둘러 탁자 위에 올렸다.

“이건 응탁이가 왔을 때 대장 주라고 놓고 간 거예요. 아무에게도 보이지 말고 대장에게만 보여주라고 한 거예요.”

양혜란은 조심스럽게 보자기를 유진룡 쪽으로 밀었다.

“엉뚱한 녀석일세. 먹을 거라도 되는 건가?”

유진룡이 보자기를 풀려고 하자 양혜란이 손을 내저었다.

“대장 혼자만 보라고 했으니 내가 가고 난 후 보세요.”

“뭐 그럴 것까지……”

“아니에요. 응탁이가 신신당부했어요. 그러니…….”

“알았어. 나중에 보지.”

유진룡은 보자기를 방 한쪽에 있는 서탁 서랍 속에 갈무리했다.

“아참! 나도 너한테 줄 것이 있어.”

유진룡은 품속에 손을 넣었다. 양혜란이 눈을 반짝이며 쳐다보았다.

유진룡의 품에서 나온 것은 작은 주머니였다.

유진룡은 주머니를 열고 그 안에 든 것을 꺼냈다.

“어머나!”

양혜란이 감탄사를 토했다.

유진룡의 손바닥에 들린 것은 다섯 알의 야명주였다. 사부 천산마존이 딸 주애청에게 남긴 것을 다섯 개씩 나누어 가진 것이다. 그것은 사부와의 거래에 대한 대가이기도 했다.

"이걸 어디서……?"

양혜란은 아직도 야명주에서 눈을 떼지 못하고 물었다.

그런 것이 있다고 얘기책에서만 보았는데 실물이 정말 자신의 눈앞에 있었다.

한 개만으로도 온 방 안이 환하게 밝아오는 신비한 보석이었고, 그 가치가 얼마나 나갈지 짐작조차 할 수 없는 무가지보였다.

"돌아다니다가 우연히 얻은 거야. 돈으로 바꿔서 최대한 불리고 나중에 녀석들 장사 밑천으로 건네줘."

유진룡이 담담하게 말했다.

"대장……."

야명주에서 눈을 뗀 양혜란이 촉촉한 눈으로 유진룡을 쳐다보았다.

"대장은 자신을 위해서는 아무것도 안 하는군요. 오로지 동생들 생각뿐이군요."

양혜란이 젖은 음성으로 말했다.

"그건 너도 마찬가지 아니냐? 안 그런 척하느라 갖은 애를 다 쓰지만 장명이나 웅탁이 놈도 그렇고, 소고도 마찬가지고……."

"대장한테 너무 진하게 물이 들어서 그런가 봐요."

"그것보다는… 모두들 고아가 되고 싶지 않아서 그러는 것일지도……."

유진룡이 지나가는 말처럼 덤덤하게 말했다.

"그게… 무슨… 말인가요?"

양혜란이 눈을 조금 크게 떴다. 덤덤한 말투에 비해 그 내용이 전혀 예상 밖이었기 때문이다.

"자신만을 위하는 순간부터 우린 외톨이가 되고, 그러면 속절없이 피붙이 하나 없는 고아로 전락하게 되겠지. 다들 그게 싫어서 그런 것이 아닐까 싶어. 내가 소투귀가 된 것은 그런 이유 때문이었으니까."

유진룡은 담담히 웃으며 말했다.

"대장……."

유진룡을 쳐다보는 양혜란의 눈에 눈물이 고였다.

바위 같고 강철 같은 사내였지만 가슴에는 누구보다 진한 아픔과 외로움이 깊이 자리하고 있는 것이다. 단지 그것을 단 한 번도 제대로 표현하지 않아서 언제나 무심하게 보일 뿐이었다.

"내가 너무 감상적이었나? 고향으로 돌아오니 긴장이 풀려서……. 쩝!"

유진룡이 입맛을 다셨다.

"아니에요. 그런 식으로는 생각을 못해봤는데… 대장 말이 맞아요. 그리고 나 역시 한순간도 고아가 되고 싶진 않아요."

양혜란이 다짐을 하듯 말했다.

"좋아! 접수하지."

유진룡이 싱그럽게 웃었다.

"나도 고아가 되는 건 죽기보다 싫어요."

단리하연이 유진룡의 것으로 여겨지는 옷가지들을 들고 들어서며 환하게 웃었다. 그녀의 얼굴에는 세상을 다 얻은 것 같은 충만감이 흘렀다.

"그것도 접수하지요."

더욱 싱그런 미소와 함께 유진룡이 고개를 끄덕였다.

"짐 정리가 다 되거든 이 옷으로 갈아입고 나오세요. 어림 짐작으로 준비했는데 맞을지 모르겠네요."

단리하연은 가지고 온 옷가지들 중에서 제일 화려한 옷 한 벌을 내밀며 말했다.

"멋져요!"

옷을 맞춰 보는 유진룡을 보며 양혜란이 감탄사를 토했다.

유진룡의 성격을 감안한 듯 소탈하면서도 맵시있고, 그러면서도 무척이나 고급스러워 보였다. 그러나 무엇보다 자로 잰 듯 유진룡의 몸에 딱 맞았다.

보통 사람들보다 한참 더 큰 유진룡의 체격을 생각하면 미리 만들어진 것을 사서는 저렇게 잘 맞을 수가 없다. 그렇다면 단리하연은 정도맹에 갔다 오는 그 와중에도 어느새 틈을 내어 저런 옷을 맞추었다는 말이다.

양혜란은 나직이 한숨을 내쉬었다.

"잘 맞는군요."

유진룡이 옷을 걸쳐 보며 씨익 미소를 지었다.

"걱정했는데… 잘 어울려요."

단리하연의 볼에 행복 가득한 홍조가 물밀듯 번져 나갔다.

"아름다워요."

소향상회의 정원을 구경하며 주애청이 철사홍을 향해 말했다.

"그래, 정말 잘 꾸며진 정원이야."

철사홍도 정원 가운데에 있는 연못을 쳐다보며 화답했다.

"그게 아니라…… 사제와 그 동생들 간의 우애가 너무 아름답다는 말이에요."

주애청이 실소를 지으며 눈을 흘겼다.

"아— 그 얘기로군. 그래, 정말 그렇더군. 추풍신검이란 내 별호보다는 대장이라는 사제의 그 호칭이 수십 배는 더 우러러 보였어. 아까 사제의 표정은 정도맹주는 물론, 황제도 안 부러울 것 같았어."

철사홍이 환하게 미소를 지었다.

"그동안 동생들 때문에 강호에 발을 들였다는 말만 들었을 때는 실감이 안 갔는데… 동생들을 위하는 사제를 보니 사제가 얼마나 멋진 사람인지 알 것 같았어요."

"후후! 싸울 때는 야차가 따로 없지만 동생들 앞에 서니 어린애 같더군."

철사홍이 여전한 미소와 함께 고개를 끄덕였다.

"그래요. 그건 타고났어요."

"그런 녀석이 사제라는 것이 마음이 놓여. 내가 사형 복은 없어도 사제 복은 있는 사람이야. 나도 숙수하겠다는 꿈을 바꿔서 애들 모아놓고 대장 노릇이 하고 싶어지는군. 하하!"

철사홍도 어린애 같은 미소를 지었다.

"사형은 대장보다는… 산적 두목이 더 잘 어울려요. 푸후후!"

주애청이 온 얼굴 가득한 철사홍의 구레나룻을 보며 쿡쿡거렸다.

"그것도 괜찮지. 내일 당장 산채 하나 접수해 버릴까?"

"그러든지요."

주애청의 미소가 더욱 짙어졌다.

"그건 나중에 한번 진지하게 생각해 보고… 오늘부터 며칠 동안은 실컷 마시고 휴식부터 좀 취해야겠어."

철사홍이 늘어지게 기지개를 켰다.

"그래요. 목욕부터 하고 좀 쉬어요."

주애청도 철사홍을 따라 기지개를 켰다.

"뭐지?"

하품까지 늘어지게 하던 주애청이 바깥쪽으로 귀를 기울

이며 긴장된 표정을 지었다. 담장 바깥에서 여러 필의 말이 달려오는 소리가 들려왔기 때문이다.

"설마… 도천극 그놈은 아니겠지?"

철사홍이 검집을 툭, 건드리며 말했다.

"재수없는 소리 하지 말아요!"

주애청이 눈총을 준 후 정문 쪽으로 몸을 움직였다.

흙먼지를 날리며 말을 달려온 사람들은 무석에 있는 정가장의 무사들이었다.

그들의 선두에는 정가장의 장남 정조휘와 그의 여동생 정연지가 말을 몰아오고 있었다.

"들어오시지요. 우린 먼저 연락을 하겠습니다."

정가장과는 밀접한 관계에 있었기에 정조휘를 알아본 소향상회 호원무사가 그들을 정문 안으로 안내하고 다른 무사는 급히 안으로 들어갔다.

"오랜만일세, 친구!"

잔칫상 앞으로 안내되어 유진룡을 본 정조휘가 유진룡을 와락 끌어안았다.

낮도깨비처럼 나타나 가문의 위기를 구해주었던 유진룡과 제대로 작별 인사조차 나누지 못하고 헤어진 아쉬움이 정조휘의 눈에 고스란히 남아 있었다.

"오랜만일세."

호원무사의 보고를 받고 기다리고 있던 유진룡도 미소와 함께 정조휘의 어깨를 두드렸다.

수련동에서 내려와 소주로 들어서며 만난 육마종의 말을 듣고 무석에 있는 정가장으로 갔고 그곳에서 호원무사로 지내며 혈우마령대와 싸웠던 기억들이 정조휘의 모습과 함께 주마등처럼 스쳐 지나갔다.

"전 눈에 보이지도 않는 모양이군요."

정연지가 토라진 표정으로 목소리를 높였다.

"정 소저도 오랜만이오. 그동안 더 예뻐졌군요."

유진룡은 그동안 익힌 인사법 중 여자들, 특히 젊은 처녀들에게는 만능열쇠나 마찬가지인 인사를 했다.

예상대로 정연지의 얼굴이 활짝 펴졌다.

"우선 앉게. 그리고 목마를 테니 술부터 한 잔 하게……."

유진룡은 정조휘 남매에게 자리를 권했다.

"참! 인사 나누게. 내 사형과 사저일세."

한 잔 술이 나누어진 후 유진룡은 두 사람에게 철사홍과 주애청을 소개했다.

"자네 사형이라면… 추풍신검 철사홍 대협!"

앉았던 정조휘가 벌떡 일어나며 철사홍을 쳐다보았다.

"알고 있었나?"

유진룡이 의아한 표정으로 물었다.

"이젠 여기까지도 자네 명성이 자자하다네. 그래서 알게 되었지. 만나서 영광입니다, 철 대협!"

정조휘는 의자에 앉은 상태에서도 서 있는 자신과 키가 그리 차이 나지 않는 철사홍에게 포권을 했다.

"반갑소!"

정조휘가 계속 서 있었기에 철사홍도 천천히 일어서며 포권을 취했다. 일어서는 철사홍을 따라 정조휘의 고개도 위로 들려지며 입이 벌어졌다.

"소문보다 더 크시네요. 마치 염라국의 수문장 같아요."

정연지도 두려운 듯한 눈을 하며 인사를 했다. 철사홍은 정연지의 솔직 당돌한 표현에 쓴웃음을 지었다.

"가문에 무슨 일이 있는 것인가?"

술을 몇 잔 나눈 후 유진룡은 정조휘에게 물었다. 저녁이 다 된 늦은 시간에도 불구하고 달려온 기색이 심상치 않았기 때문이다.

"앞으로 어떻게 될진 몰라도 아직은 아닐세. 자네가 왔다는 소식을 들으니 가만히 있을 수 없어서 달려온 것이네. 하하!"

정조휘는 호쾌하게 웃었다.

"어쨌든 잘 왔네."

유진룡은 미소와 함께 고개를 끄덕였다.

소주 인근 제일가는 무가의 장남이면서 단 며칠 만에 자신을 친구로 여기며 격의없이 대해주던 정조휘에게는 처음부터 호감이 갔었다. 그리고 유진룡 역시 그때 겨우 술 한 잔 나누고 헤어진 아쉬움이 남아 있었다.

"앞으로의 일은 그때 가서 생각하고 오늘은 실컷 마시도록 하세."

정조휘는 마치 자기가 주인인 것처럼 연거푸 술을 권했다.

"그래요. 차린 건 없지만 많이 드세요."

앞치마를 두른 단리하연이 손수 술병과 음식을 들고 나타났다. 그녀를 본 정조휘와 정연지가 얼른 일어서서 술병과 음식을 받아 들었다.

"회주께서 직접 음식을 나르다니… 이거 황송해서……."

정조휘가 유진룡과 단리하연을 번갈아 쳐다보며 너스레를 떨었다.

"저희 집에 오신 손님인데 당연히 제가 대접해야지요."

단리하연이 환하게 웃었다. 지금 그녀의 모습은 소향상회라는 대상회를 이끌어가는 회주가 아니라 여염집의 안주인 같을 뿐이었다.

"이렇게 되니 술맛이 한결 더 나는군요. 하하하!"

정조휘가 더욱 유쾌하게 웃으며 호기롭게 술잔을 꺾었다.

유진룡은 오랜만에 마음의 평화를 느끼고 있었다.

고향이나 마찬가지인 소주!

그리고 고향집 같은 소향상회!

그 속에서 사형과 사저를 모시고 친구와 함께, 동생들과 함

께 술을 마시는 이 순간은 그 무엇과도 견줄 수 없이 소중한
시간이었다.

'이런 시간이 영원할 수만 있다면…….'

낮게 한숨을 삼킨 유진룡은 보일 듯 말 듯 고개를 저으면서
술잔을 비웠다.

도천극이 살아 있는 한 그건 불가능한 얘기였다. 흑사련을
장악하고 곧 정사대전이라도 일으킬 것 같던 그놈은 어쩐지
아직까지 잠잠했다. 그래서 더욱 염려스러웠다.

오랫동안 제방에 모인 물은 그만한 위험성을 내포하고 있
다.

그렇게 오랜 시간 모인 물이 일시에 제방을 무너뜨리면 걷
잡을 수가 없다.

오랜 기다림을 가진 도천극도 어쩌면 그렇게 걷잡을 수 없
이 밀려들 것이다.

'대체 그놈의 정체는 무언가?'

유진룡의 가슴에 다시 그런 궁금증이 일었다. 그러나 그놈
의 정체를 제대로 아는 사람은 아무도 없었다. 정도맹주도 제
대로 몰랐고 다른 명숙들도 마찬가지였다.

'하긴, 그놈을 치료하고 키운 사부도 제대로 파악하지 못
한 놈이니 다른 사람들은 말해 무엇하리…….'

유진룡은 수심에 잠긴 얼굴로 다시 한 잔 술을 벌컥 들이켰
다.

"친구! 내일 일은 내일 생각하기로 하지 않았나?"

정조휘가 유진룡의 심중을 읽기라도 한 듯 어깨를 툭, 두드렸다.

"휴— 그러세!"

유진룡은 미소를 지으며 다시 술잔을 비웠다.

술자리는 새벽까지 이어졌고, 맑게 갠 밤하늘의 별들이 금방이라도 쏟아질 듯 빛나고 있었다.

第九十九章
운명의 씨줄과 날줄

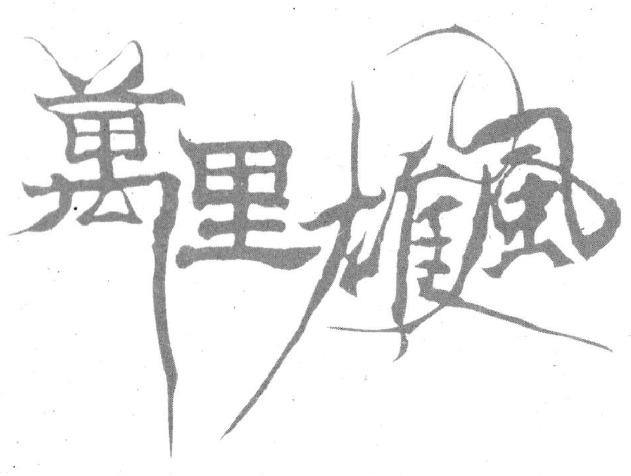

萬里雄風

새벽까지 술을 마시고 모두 곯아떨어졌을 때 비로소 자신의 방으로 돌아온 유진룡은 잠시 침상에 누웠다가 양혜란이 마웅탁에게서 건네받아 자신에게 준 보자기를 풀었다.

보자기 안에는 또 하나의 보자기가 무언가를 감싸고 있었다.

"자식이 소심하기는……."

피식 웃은 유진룡은 다시 한 꺼풀의 보자기를 풀었다.

"뭐야, 이건?"

두 개의 보자기로도 모자라 그 안에 다시 견고한 나무 상자가 있는 것을 본 유진룡은 혀를 내둘렀다. 그리고는 나무 상자를 이리저리 훑어보았다.

나무 상자는 함부로 열 수 없도록 모든 면에 못질이 되어 있었다. 이것을 열어보려면 나무 상자를 완전히 부수어야 할 것 같았다. 단순한 호기심으로 열어보는 것을 사전에 완전히 막아놓은 것이었다.

"철저한 놈 같으니라고……."

입맛을 다신 유진룡은 나무 상자 귀퉁이에 양손을 대고 진기를 주입했다.

제법 진기를 주입했음에도 불구하고 나무 상자는 끄떡도 하지 않았다.

"이것 봐라?"

유진룡은 신기한 생각이 들었다.

겉보기에는 평범한 나무 같았는데 이 나무는 결코 평범하지 않았다. 중원에서는 쉽게 볼 수 없는 재질의 나무 같았다.

유진룡이 조금 더 진기를 주입하자 나무 상자는 서서히 균열이 가다가 마침내 부서졌다.

상자 안에는 두 권의 책과 한 장의 서찰, 그리고 금색의 패찰이 하나 들어 있었다.

유진룡은 먼저 서찰을 펼쳐 들었다.

익숙한 마웅탁의 글씨가 서찰 안을 가득 메우고 있었다.

잘 있었어, 형? 하긴, 잘 있으니 이 서찰을 보고 있겠지.

서찰의 서두에서부터 마웅탁 특유의 냄새가 풍겨나고 있
었다.
"싱거운 놈!"
유진룡은 피식 웃은 후 계속해서 읽어 내려갔다.

형과 나의 악연이 이렇게 질길 줄 예전에는 미처 몰랐어. 정
말 소름이 끼칠 지경이야. 그걸 조금 일찍 알았더라면 이렇게
빙빙 돌아오지 않아도 되지 않았을까 싶은데… 운명이란 놈은
언제나 음충맞고 뒤통수 때리기를 좋아하니 어쩔 수 없는 일이
지.
각설하고…….
언젠가 형이 나보고 뭣 하러 그렇게 책을 읽느냐고 했을 때
배워서 남 주려고 그런다는 내 대답 기억할 거야. 워낙 무신경해
서 그런 걸 담아두지 않는 사람이지만 아직까지는 기억하리라고
생각해. 어쨌든 그 남이란 사람이 형이고, 이젠 그 말대로 내가
배운 것을 형에게 주기 위해 이 글을 쓰고 있는 중이지.

"배워서 나한테 준다고……?"
유진룡은 슬쩍 눈 사이를 좁혔다. 그리고 만박노조의 집에
서 만났던 마웅탁의 모습을 떠올렸다.

그때 자신이 그런 질문을 했고 마웅탁은 그런 대답을 했었다.

워낙 속을 열지 않고 실없는 농담으로 껍데기를 무장한 놈이라 흘려들었는데, 그게 농담이 아닌 모양이었다.

유진룡은 다시 서찰에 눈길을 주었다.

내 이름은 천응탁이야. 태양천가라고 하는 몰락한 가문의 마지막 후손이지.

비로소 마웅탁의 정체에 관한 내용이 나오기 시작하자 유진룡은 눈도 깜박이지 않고 서찰에 시선을 고정했다.

형은 아마 그런 가문이 있다는 것도 들어본 적이 없을 거야. 형뿐만 아니라 대부분의 다른 사람들도 마찬가지일 거야. 내 가문 사람들은 너무 가혹한 운명의 소용돌이에 휩싸여 세상 밖으로 나올 만한 여유가 없었거든. 그래서 이젠 거의 잊혀진 가문이 되었지. 하지만 내 가문은 세상 어떤 가문보다 위대한 가문이라고 난 자부할 수 있어.

놀랄 만한 오성에 헤아리기 힘든 지적 능력…….

그걸 다 설명하자면 팔이 아프고…….

어쨌든 그런 가문이 있었지. 하지만 세상에는 공짜가 없는 법, 그만한 오성을 갖추고 태어나는 대신 천가의 혈족들은 남들보다 훨씬 명이 짧은 천형도 같이 안고 태어났지. 그래서 다른 세가들처럼 번성하지 못했고, 그 천형을 떨치지 위해 발버둥 치느라 세상 밖으로 제대로 나오지도 못하여 잊혀진 가문이 되었을 거야…….

그런 가문에서 난 가장 덜떨어진 인간으로 태어났지. 군계일학(群鷄一鶴)이 아닌, 군학일계(群鶴一鷄)라고나 할까……. 거의 돌연변이 수준의 둔재였던지라 어릴 때부터 그들 속에 속하지 못하고 겉돌았지. 하지만 그 때문에 구유묵가의 마수에서도 멀리 떨어져 있어 목숨을 구하게 되었지.

"구유묵가?"

태양천가만큼이나 생소한 단어에 유진룡은 서찰에서 잠시 시선을 떼었다가 다시 집중했다.

구유묵가는 우리가 천형을 떨치기 위해 온 세상을 돌아다니다가 서장의 한곳에서 마주친 가문이야. 뿌리는 중원으로 알고 있는데 오랜 세월 전에 중원에서 배척을 당하고 서장으로 쫓겨났다고 알고 있어.

아주 탐욕스럽고 잔혹한 인간들이지.

자신들의 목적을 위해서라면 수천, 수만 명의 생명도 눈 하나 깜박이지 않고 희생시킬 수 있는 인간들이었고 지금도 변함이 없다고 했어. 그런데 악마의 장난인지… 그런 그들이 또 무공을 익히는 데는 천부적인 체질을 타고났다고 들었어.

탐욕과 잔혹성, 그리고 천부적인 무골…….

그들의 행보에는 필연적으로 혼란과 살육, 파멸이 뒤따랐지. 아주 은밀히 움직였지만 대혼란을 준비하는 그들이었기에 우리 천가와는 운명적으로 부딪칠 수밖에 없었지. 그래서 아주 오래 전부터 우리 가문과 그들은 아무도 모르는 곳에서 크고 작은 충돌이 있었다고 들었어. 두 가문은 충돌하여 지하로 사라졌다가 다시 힘을 모아 충돌을 일으키는 암투를 수대에 걸쳐 반복했지. 중원으로 터전을 옮겨서도 그런 충돌은 계속되었고 십오여 년 전의 대 충돌은 그중에서 가장 참혹했기에 우리 가문의 후손은 나 하나만 살아남았고 구유묵가에서는 묵천극과 그 백부가 살아남았지. 형이 알고 있는 도천극이 구유묵가의 후손인 묵천극이야.

"도천극!"

유진룡은 벌떡 일어서며 고함을 질렀다.

자신에게 있어 필생의 적이라 할 수 있는 도천극이 마응탁의 서신에서 그 정체를 드러내고 있었다.

"이럴 수가?"

유진룡은 아직도 믿어지지 않는다는 표정으로 몇 번이고 서찰을 읽었다.

"그놈에게 그런 신분이 있었단 말인가……?"

유진룡은 한참 동안 멍하니 허공만 바라보았다.

마웅탁의 말대로 운명이란 놈은 정말 음흉맞고 뒤통수 때리기를 좋아하는 놈이란 생각이 들었다. 자신과는 절대로 양립할 수 없는 도천극이 마웅탁과는 더욱 오래된 원수이자 천적인 가문의 후손이었다니…….

"도천극… 아니, 묵천극……."

유진룡은 도천극의 진짜 이름을 되뇌어보았다.

짙은 안개 속에 가려져 있던 도천극의 실체가 조금은 드러나 보이는 것 같았다.

유진룡은 다시 서찰을 향해 시선을 돌렸다.

그 뒤부터는 형이 알고 있는 대로야. 둔재로 태어났기에 오히려 목숨을 건진 난 형과 혜란이의 손에 의해 목숨을 구할 수 있었고, 형의 골목에서 그렇게 살았지. 그때가 가장 행복했던 순간이야.

운명도 잊고, 가문도 잊고…….

구유묵가와의 악연도 잊고… 모두 잊어버리고 죽을 때까지 그렇게 살려고 했지.

그랬으면 좋았으련만…….

그런데 운명이란 놈이 날 가만두지 않더군.

소향상회에 우리를 데려다 놓은 형은 훌쩍 떠나고 무엇에 이끌린 듯 난 소향상회를 떠나 만박노조의 집으로 갔지. 그곳에서 수많은 책에 빠져들다가 언젠가부터 정수리 한복판에 구멍이 뚫리는 느낌을 받게 되었지. 책을 많이 읽고 더욱 집중할수록 그런 느낌이 강하게 일었고, 그런 느낌이 일고 난 후에는 내 지력이 한층 더 증대되는 것을 느낄 수 있었지. 아마도 난 가문의 돌연변이로 태어났기에 날 때부터는 그런 오성을 갖추지 못하고 후천적으로 죽도록 노력을 해야 따라갈 수 있는 모양이란 생각이 들었지.

처음엔 많이 갈등했어.

그냥 모두 잊고 이렇게 평범하게 살 것인가, 아니면 가문의 운명에 따를 것인가……

형이 그때처럼 그리울 때가 없었어. 그때 형이 내 곁에 있었다면 난 그냥 형을 따라다니며 아무 생각 없이 살았을지 몰라. 하지만 형은 없었고 난 며칠 밤을 뜬눈으로 새우다가 내 가문의 운명을 받아들이기로 결심했어.

그렇게 하여 가문의 영광이 나를 통해 다시 재현될 수 있다는 생각에 미친 듯이 책 속을 파고들었고 그때부터 만권공자라는 별명을 얻게 되었지.

가문의 영광을 재현하려면 구유묵가의 마수를 떨쳐야 한다는 전제 조건이 따르겠지만 내 오성이 가문의 사람들만큼 증대된다면 그들의 마수는 떨칠 수 있을 것이었기에 미친 듯이 책을 읽고 머리를 각성시켰어. 형이 석대세가로 나를 찾아왔을 때가 그런 때였지.

서찰은 그렇게 어이없이 끝나 버렸다.

유진룡은 어이없다 못해 기가 막히는 심정이 되어 서찰을 이러저리 돌려보고 상자에 있는 책들까지 들어보았지만 더 이상의 서찰은 어디에도 없었다.

"이 망할 자식이… 장난치는 거야, 뭐야? 그래서 성공을 했다는 거야, 실패를 했다는 거야? 그리고 또 이 책들은 뭐란 말인가?"

한참 동안 씩씩거리던 유진룡은 위에 있는 책을 집어 들었다.

서찰 다음의 내용은 서책을 통해서 유추할 수밖에 없는 일이었다.

유진룡은 손에 든 책의 겉장을 넘겼다.

다시 만나 반가워 형!

서찰의 다음 내용은 책 첫 장에서 이어지고 있었다.

유진룡은 허탈한 웃음을 삼켰다. 놈은 끝까지 이런 식일 것이다.

머리가 좀 좋아지고 나니 별점을 조금 볼 수 있게 되더군. 그래서 형에 관한 별점을 조금 보았는데… 형에겐 죽다가 살아남는 전화위복의 수가 있고, 그래서 지금은 전화위복으로 무식하게 힘만 세졌을 거야. 아마 바위처럼 단단해졌을걸…….

"이 자식…… 성공했구나!"
유진룡은 탄성을 토했다.
별점이라는 실없는 표현을 썼지만 그건 아마도 천기를 읽는다는 말일 것이다. 그렇게 마웅탁은 정확히 유진룡 자신을 읽고 있었다.
유진룡은 가슴이 세차게 방망이질 치는 것을 느꼈다.

세상에서 제일 위험한 인간이 어떤 인간인 줄 알아? 바로 무식하면서 힘만 센 인간이야. 지금의 형처럼 말이야. 그러니 형이 지금 얼마나 위험한 처지인지 알겠지? 무식하게 힘은 세졌지만 그 힘을 어떤 식으로 어떻게 써야 하는지는 제대로 알지 못하니까 말이야.
백호십이수라고?
그건 그야말로 조족지혈이야. 형이 얻은 바위산 같은 힘과 우주무한의 심법으로 백호십이수만 펼치는 것은 그야말로 청룡도를 휘둘러 닭을, 아니, 닭도 아니고 개구리 잡겠다고 춤을 추는 짓이지.

"이 자식 이거, 귀신이라도 된 건가? 어떻게 백호십이수와 우주무한이라는 단어까지 안단 말인가?"

　백호십이수는 그렇다 치더라도 우주무한은 자신과 남궁한, 그리고 그것을 건네준 은자유림곡 사람들밖에 모르는 일이다. 그런데 마웅탁은 그것까지 알고 있었다.

　중간에 자르지 말고 진득하게 좀 읽어봐. 지금쯤이면 은자유림곡이란 단어가 자연스럽게 떠오르겠지? 그럴 거야. 우주무한은 그곳의 사람들에게 받았을 테니까 말이야.

　"아예 가지고 놀아라."
　유진룡은 헛웃음만 토했다.

　은자유림곡에 대해서도 설명을 좀 해야겠군. 은자유림곡은 우리 가문의 숨겨진 가신 집단이야. 난 가문의 실패작이라서 전혀 그걸 몰랐다가 머리가 좋아져서 가문의 신물이나 마찬가지인 태양만상도(太陽萬象圖)를 해석하고 나서야 알았지. 태양만상도란 우리 가문 사람들에게 전해지는 한 장의 암호도인데, 만다라 같은 그 한 장의 그림 속에 가문의 온갖 정보들이 들어 있지. 그것을 해석하고 나니 우리 가문이 훨씬 더 무서운 가문이란 걸 알게 됐지. 어쨌든 은자유림곡은 우리 가문이 구유묵가의 공격에 쓰러지더라도 한 가닥 뿌리만 남아 있으면 그곳을 통해 되살아나도록 준비를 해둔 곳이지. 그들 역시 우리 가문 사람들만큼 뛰어

난 사람들이고 그들 중에는 우리 가문의 여아들, 그러니까 내게
는 고모나 왕고모뻘 되는 사람들과 결혼한 사람들도 있어. 방계
혈족도 많을 거야. 모두들 머리는 좋은데 무공에는 전혀 소질이
없는 것으로 봐서 우리 가문의 피가 여자들을 통해 이리저리 많
이 섞인 모양이야. 쩝!
　소향상회로 가기 전에 그곳에 들러 형과 그들의 관계에 대해
서도 들었지. 곡주의 안배에 의해서 형이 석대세가에서 우주무
한을 얻었다는 것도 들었어.

　"그렇군. 그래서 이 자식이 그렇게 정확히 아는군."
　유진룡은 여러 번 고개를 끄덕였다.

　정말 운명이란 것이 음흉스럽지 않아? 곡주의 딸이 형의 사
모(師母)이고, 또 그 딸이 지금 형의 사저라는 것 말이야. 우리
가문의 여자들은 가문의 남자들처럼 뛰어난 오성도 안 타고나
고 천형도 안 타고나서 천만 다행이라 생각했는데 형의 사모
와 사저가 그 천형을 타고난 것을 보면 곡주의 부인과 딸, 그
리고 그 외손녀에게 우리 태양천가의 피가 돌연변이로 전해진
것이 분명해. 그럼 형하고 나하고의 관계는 또 어떻게 되는 건
가?

　"망할 자식! 이젠 어이없어 할 기력도 없다."

유진룡은 고개를 저었다. 사부의 부인이자 주애청의 모친이 태양천가의 피를 이어받은 사람이라는 사실, 아니, 그전에 은자유림곡주가 사부의 장인이라는 사실을 알고 나자 지금껏 자신에게 어떻게 우주무한이 전해졌는가 하는 궁금증이 어렴풋이 풀렸다.

사부가 자신에게 가르쳐 주었던 백호십이수와 우주무한은 한 뿌리였고, 은자유림곡주와 사부 역시 무관하지 않았던 것이다. 그리고 만박노조와 은자유림곡 역시…….

간략하게나마 이것으로 서론은 끝났으니 이제 본론으로 들어가야겠지.

역시 거두절미하고 본론은 배워서 남 준다는 내 얘기에 관한 것이야.

우리 가문 사람들은 천형을 떨치려고 누대에 걸쳐 발버둥을 치다 보니 인간의 몸에 대해서는 누구보다 잘 알게 되었지. 천형으로 무공을 익힐 수 없는 몸이면서도 오히려 그 몸이 무공과 만나서 증폭되는 능력과 그로 인해 우리의 천형을 떨칠 수 있는 가능성에 대해 엄청난 연구를 했지.

그 결과 탄생된 것이 우주무한의 심법인데, 그것으로도 완성하지 못했지. 그런데 그것을 토대로 형의 사부께서 완성을 시켰다는 소리를 들었을 땐 온몸이 번개에 맞는 기분이었어. 형의 사부는 그런 면에 있어서는 우리보다 더 천재였던 것 같아. 물론

여자들에게 전해진 우리의 천형이 남자들에게 전해진 것보다 훨씬 미약했기 때문인 점도 있겠지만 어쨌든 가능성을 열었다는 것은 고무적이야.

그건 앞으로 미친 듯이 연구해 볼 문제고… 우선은 도천극의 마수를 떨치는 것이 급선무지.

우리 가문과의 동귀어진에서 살아남은 묵사역은 그동안 와신상담하며 많은 준비를 해왔지. 그런 노력들로 흑사련을 만들고 이젠 도천극을 통해 완전히 장악해 버렸어. 놈들은 조만간 그들 가문의 염원인 무림 정복의 야욕을 드러낼 거야. 그리고는 오래전에 중원에서 쫓겨난 한을 풀려고 피의 축제를 벌일 거야. 그게 그들의 방식이니까.

기필코 그런 사태는 막아야 해. 하지만 나 혼자서는 힘들고 남의 도움을 받아야 하는데 그 남이 형이라니 참 기구한 인연이지. 그런 기구한 사정으로 형에게 그 정화를 넘겨주게 되었어.

이 넋두리가 끝나는 장부터는 그것이 고스란히 담겨 있어. 아까도 말했듯이 백호십이수와는 비교도 안 되는 우주무한의 진정한 힘을 뿜을 수 있는, 진정한 무한십이수의 정화가 들어 있어. 그걸 익혀야 형은 무식하게 힘만 센 인간의 수준에서 벗어날 수 있지.

검의 극의에 이르러 무형검인 심검을 사용할 수 있듯이 무한십이수도 극의에 이르게 되면 무형권(無形拳)을 발출할 수가 있다고 알고 있어. 그땐 소림의 백보신권도 안 부러울 거야. 그러면 도천극도 충분히 쓰러뜨릴 수 있을 거야. 그러니 최대한 빨리 그것을 익히도록 해, 형!

그리고 이 책 아래에 있는 책은 제갈세가와 남궁세가를 위해 준비된 것 중, 남궁세가의 것이야. 아까도 말했듯이 도천극의 백부 묵사역은 대충돌이 있은 후 십오 년 동안 많은 준비를 해서 지하에서 그 세력을 엄청나게 키웠어. 그들에 맞서려면 형도 다른 무가들의 도움이 필요하지. 그 책은 남궁세가가 필요로 하는 힘을 증폭시킬 수 있는 무기, 무공 등에 대해서 이것저것 적어놓은 것이야.

은자유림곡에서는 그동안 철저히 우연을 가장하며 그들 세가에 큰 도움이 될 만한 것들을 제공해 왔지. 그 정화라 할 수 있는 것이 그 책자에 수록되어 있어. 아마 그들은 천만금을 들여서라도 그것들을 얻으려고 할 거야.

그동안 우리 가문이 준비해 놓은 것들을 그들이 얻게 되면 그들 가문의 힘은 구유묵가의 숨은 힘에 충분히 맞설 수 있을 것이야. 형은 그들 세가를 도와주면서 그들 세가와 연합하도록 해. 그래야 도천극을 이길 수 있어.

처음에는 제갈세가와 남궁세가 두 곳 모두 내가 전해주려고 했는데… 은자유림곡에 세작이 숨어들어 그 정보가 빠져나갔을 수도 있다는 연락이 왔어. 그래서 시간이 없어. 난 제갈세가로 가고 남궁세가에 줄 것은 이렇게 형에게 부탁하는 거야.

하지만 너무 걱정 마. 이런 일에 대비해서 내가 연막을 많이 피워놓았으니 놈들이 정확히 남궁세가와 제갈세가를 알아내기는 힘들 거야.

그리고 동봉하는 금패는 영화전장의 도움을 받을 수 있는 증표야. 영화전장의 총주는 은자유림곡 곡주와 친분이 있는데, 마침 그 사람이 형을 알고 있더군. 이건 뭐, 안배도 아니고 우리의 의도도 아니라 뜻밖이었지만 잘된 일이야. 그들의 조직은 방대하니 형에게는 큰 도움이 될 거야. 정체는 밝히고 싶지 않다고 했으니 나도 말해줄 수는 없고 그 금패로 그들의 도움을 받도록 해. 아마 형이 원하는 도움을 충분히 줄 수 있을 거야.

그럼 더 자세한 얘기는 나중에 만나서 하고 건투를 빌어. 형!

서책의 앞부분에 기록된 마웅탁의 글은 이렇게 완전히 끝이 났다.

유진룡은 마웅탁의 글을 다 읽은 후에도 한동안 눈을 떼지 못하고 멍하니 지면에 시선을 고정시키고 있었다.

뭔가 머릿속이 훤해지는 것 같다가 이내 더욱더 실타래처럼 엉키는 것 같았다.

도천극과 자신의 악연!

그리고 사부와 은자유림곡주, 그리고 자신의 인연!

마지막 자신과 마웅탁의 인연!

그 모든 것들이 씨줄 날줄처럼 복잡하게 얽혀 운명이라는 한 장의 그물을 엮어내고 있었다.

단 한 개의 씨줄 날줄도 다른 씨줄 날줄과 무관하지 않은 것 같았다. 하나를 잡아당기면 다른 것들도 모두 당겨지고 늘어져서 새로운 모양의 그물을 만들어낼 것이다.

"휴우― 내 팔자도 무지하게 기구하군!"

유진룡은 긴 한숨을 내쉬며 중얼거렸다.

그렇게 복받지 못한 출생에서부터 고단한 어린 시절!

그리고 지금은 거대한 급류 속에서 헤엄치고 있는 셈이었다.

그 급류가 어디로 흘러갈지, 그리고 어디에서 끝날지 상상도 되지 않았다.

"그런 걸 모두 생각하려면 머리가 아프고… 역시 나 같은 놈은 단순하게 부닥치며 살아가는 것이 제격이지."

머리를 세차게 흔들어 복잡한 상념들을 흩어버린 유진룡은 다음 장을 넘겼다.

다음 장부터는 마웅탁이 배워서 남 주겠다던 내용들이 여러 가지의 그림과 함께 지면을 빼곡하게 메우고 있었다.

"이럴 수가……."

연신 신음을 토하며 심호흡을 하는 유진룡의 눈에서 서책을 태울 듯한 안광이 쏟아져 나오고 있었다.

*　　　*　　　*

"후우욱―"

길고 낮은 호흡이 연공실 한복판을 가로질렀다. 그리고 그 호흡의 끝에서 뜨거운 기운이 후욱 밀려왔다.

우우웅—

연공실 한쪽에 세워둔 바위가 진동음을 토하더니 마침내 가루가 되어 흩날렸다.

폭음이나 파열음이 터져 나오지 않으면서도 바위 하나가 가루가 되어버린 가공할 결과에 시전자도 놀란 듯 잠시 동안 얼이 빠진 표정이었다.

"무서운 신공이군!"

양혼절맥수 공우기는 자신의 양손을 쳐다보며 신음처럼 중얼거렸다.

도천극이 전해준 정체 모를 신공!

그것을 익힌 결과였다.

그 신공은 자신에게 양혼절맥수라는 별호를 붙게 한 심법보다 훨씬 패도적이고 강했다.

중원에 흩어져 있던 자신들 육성을 모두 부른 후 흑사련주와 비무를 하여 새로운 흑사련주가 된 도천극은 자신들 육성에게 각각 한 가지씩의 신공을 건네주었다. 하지만 그것의 이름과 내력에 대해서는 단 한마디도 해주지 않았다.

그래서 처음에는 모두들 시큰둥하게 받아들였는데, 그 위력은 엄청났다.

결국 미친 듯이 신공에 매달렸고 그것을 익힌 결과 자신의 무위가 이 할은 더 증가되었다는 것을 느꼈다.

처음 무공을 배울 때는 하루가 다르게 실력이 늘고, 몇 달 만에 이 할이 아니라 두 배로 증가할 수도 있었다. 그러나 한계나 마찬가지인 경지에 도달하고 나면 일 푼이 더 느는 것도 힘들었다.

그런데 도천극이 전해준 신공으로 단번에 이 할의 성취를 더 이루었다.

그야말로 환골탈태나 마찬가지인 수준이었다.

공우기는 어쩔 수 없는 희열 속에서도 그림자처럼 뒤를 따라오는 두려움을 느꼈다.

도저히 믿어지지 않는 성취에 따른 환희는 광소라도 터뜨리고 싶을 심정이었지만 그 신공의 근원지가 도천극이라는 점은 벽에 부딪친 것 같은 절망감을 느끼게 했다.

자신들 여섯 명에게 부분적으로 건네준 신공의 위력이 이러할진대 그것을 모두 익힌 도천극의 무위는 어떠할 것인가?

그 무위로 흑사련주인 구천마검 목채군을 꺾은 것이고, 그 무위 앞에 육성으로 불려지고 있는 자신들 여섯 명은 뜻을 접을 수밖에 없었다.

언제가 중독에서 풀려나면 도천극을 죽이고 마수에서 벗어나리라는 희망을 품고 있었지만 도천극이 목채군을 꺾는 순간 모든 흑사련의 무인들과 마찬가지로 자신들 역시 그 생각을 포기할 수밖에 없었다.

도천극은 여전히 도저히 넘을 수 없는 벽이었다.

양혼절맥수 공우기는 무거운 한숨을 길게 내쉬었다.

"그놈이라면……."

절망감으로 온몸의 기운이 빠져 버린 공우기의 눈앞에 한 인영의 모습이 어렸다.

거우 약관을 넘긴 것 같았지만 철탑 같은 체격에 믿을 수 없을 만큼 강한 내력을 지니고 있던 놈!

내력 대결이라 할 수 있는 쌍장 대결에서 자신을 무너뜨리고 도천극의 마수마저 뿌리친 채 인질을 구해서 사라져 버린 그놈!

그놈이라면 도천극을 꺾을 수 있을까?

공우기는 정신을 집중하며 유진룡의 모습을 떠올렸다.

유진룡을 만나고 돌아온 도천극은 한동안 심한 후유증에 시달리다가 폐관수련에 들었고 지금의 저런 모습으로 거듭났다.

하지만 그놈이 도천극의 천적이라면?

그래서 도천극을 꺾어줄 수 있다면?

자신은 비로소 자유의 몸이 될 수 있을 것이다.

양혼절맥수 공우기는 길게 한숨을 내쉬었다.

육성의 여섯 명 중 자신과 같은 생각을 가진 사람은 누구일까?

은영무객(銀影霧客) 진국동(晉局冬)과 단정마검 표조한은 자신과는 정반대의 생각을 하고 있을 것이다.

그들 두 사람은 뱀의 머리보다는 용의 꼬리를 택한 사람들이다. 도천극의 무위에 완전히 굴복하고 도천극이 내리는 은 전에 감복하여 온갖 심혈을 기울여 새로운 신공에 매진하고 있다.

공우기의 얼굴이 차갑게 굳어졌다.

모두가 절대자가 될 수 없는 무인의 삶에서 더 강한 무인을 만나면 패할 수도 있는 법이다.

그렇게 패자로 살아갈 순 있어도 복종하며 살아갈 순 없다.

그것이 진국동, 표조한과 자신의 차이였다. 그리고 낙성비도 해용후는 자신과 같은 부류였다. 서로 한 번도 내심을 털어놓지는 않았지만 눈빛과 숨소리만 들어도 알 수 있었다.

문제는 유운검(流雲劍) 섭종우(攝宗友)와 멸절장(滅絶掌) 허적(許跡)이었다.

그들의 생각은 알 수가 없다. 그 두 사람은 언제나 표정이 없고 생각을 내비치지 않는 사람이었다.

어쩌면 제일 먼저 처치해야 할 인간들일지도…….

"그러려면 더욱 열심히 갈고닦아야 하는 것인가?"

도천극에 대한 배반을 꿈꾸면서 도천극의 무공에 더욱 매진해야 하는 이율배반적인 상황에 공우기는 고소를 미금었다.

'스스로 고개를 숙일 순 있어도 절대로 복종할 수는 없는 법.'

공우기는 조소를 피워 올렸다.

탈백마수 도천극은 스스로 숙이고 들어가기에는 그릇이

너무 작은 놈이다. 놈도 그것을 알기에 처음부터 독으로 제압한 것이리라.

"언젠가는 네놈의 간을 끄집어내고 말 테다."

공우기는 이를 뿌드득 갈며 연공실을 나섰다.

"공 대협, 안에 있으시오?"

연공실에서 처소로 돌아오자마자 밖에서 자신을 부르는 소리에 공우기는 얼른 안색을 바꾸며 평상심으로 돌아왔다. 목소리의 주인공은 멸절장 허적이었다. 언제나 속을 내보이지 않는 그를 상대하려면 자신 역시 그래야 했다.

"들어오시오."

공우기는 문을 열었다.

"하하! 방금 연공실에서 나와 쉬고 있다고 들었지만 련주의 지시가 있어서……."

허적은 얼굴 한쪽에 송구스런 미소를 피워 올렸다. 그것 역시 가식인지 진심인지 분간이 안 가는 미소였다.

"지시라니, 그게 무엇이오?"

공우기는 억양이 느껴지지 않는 목소리로 물었다.

"새로운 임무 한 가지가 떨어졌소."

허적의 음성에 열기가 감돌았다.

"임무?"

공우기의 목소리가 조금 높아졌다.

第百章

남궁세가에 닥친 혈풍

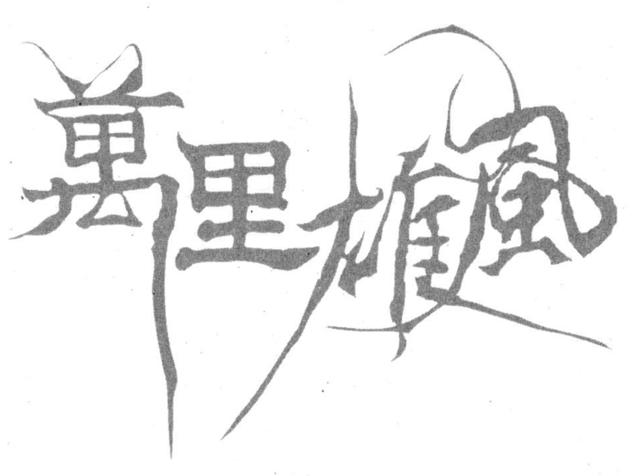

따가닥!

따가닥!

백여 필의 말이 어스름을 등지며 달리고 있었다.

관도를 한참 벗어난 산길인지라 말발굽 소리 사이로 자욱한 흙먼지가 일어 어스름을 더욱 짙게 만들었다.

"워!"

제일 선두에서 말을 달리던 남궁한이 말고삐를 잡아당기며 말을 멈추었다. 그러자 그를 따르던 무사들도 서서히 속도를 늦추었다.

"더 이상 진군은 힘들 것 같다. 오늘은 여기서 노숙을 한다!"

남궁한이 묵직한 목소리로 명령을 내리자 말에 탄 백여 명의 사내는 일제히 고개를 숙이고는 말에서 뛰어내렸다.

"너무 욕심을 부렸군."

남궁한이 자책하는 음성과 함께 혀를 찼다.

"하지만 반나절의 거리는 줄였습니다, 아버님."

옆에 선 남궁세준이 남궁한의 말을 받았다.

"그렇긴 하지만… 괜한 고집으로 모두들 노숙을 하게 한 것이 마음에 걸리는구나."

남궁한은 다시 낮게 혀를 찼다. 마지막 객점이 있는 성시 외곽에 도착한 것이 점심때를 한참 지났을 때였다.

편안한 잠을 자려면 그곳에서 여장을 풀었어야 했는데 조급한 마음에 계속 말을 달렸고 결국 노숙을 하게 된 것이다.

"앞으로 전쟁이 벌어지면 노숙을 밥 먹듯이 할 텐데 이런 풍광 좋은 곳에서 여유롭게 하는 야영이야 오히려 별미지 않습니까, 형님! 하하하!"

남궁한의 사촌 동생인 남궁찬(南宮燦)이 호쾌하게 웃으며 다가왔다. 그의 손에는 어느새 호리병 몇 개가 들려 있었다.

"자네는 이곳에서도 술로 밤을 샐 모양이군."

남궁한이 눈살을 찌푸리며 말했다.

"하하! 이런 곳에서 산과 들을 벗 삼고 바람을 안주 삼아 밤새 마시지 않으면 언제 마시겠습니까. 어서 이리 앉으십시오,

형님. 아까 객점에 들러 고기도 몇 근 사 왔으니 이보다 더 좋은 술자리가 어디 있겠습니까?"

남궁찬은 벌써 군침이 도는지 입술을 핥으며 모닥불을 피웠다.

"야영 준비나 거들고 나서 자리를 만들 것이지……."

남궁한이 천막을 치느라 분주히 움직이는 가내무사들 쪽을 보며 혀를 찼다.

"우리가 옆에 가면 오히려 방해만 됩니다. 그러니 이쪽에서 죽치고 앉아 얼쩡거리지 않는 것이 도와주는 것입니다."

남궁찬은 어느새 나뭇가지에 꽂은 고깃덩이를 모닥불 위에 얹어 굽고 있었다.

"자, 어서 한잔 받으십시오, 형님!"

남궁찬은 호리병 하나를 들어 병째 내밀었다.

"안주나 익거든 마시게나."

남궁한이 쓴웃음을 지으며 손을 저었다.

"불이 성해서 금방 익을 겁니다. 그리고 이런 곳에서 안주야 아무것도 없어도 좋지 않습니까. 하하!"

"사람 참!"

남궁찬이 계속 술병을 들이밀자 남궁한은 할 수 없다는 듯 술병을 잡아 한 모금 마셨다.

"크으!"

시큼한 백건아 맛에 남궁한은 오만상을 찌푸리며 고개를

흔들었다. 사촌 동생 남궁찬은 그 많고 많은 명주를 마다하고 언제나 시작은 시큼하고 맛없는 백건아를 선호했다.

"자네 취향은 정말 독특하군!"

남궁한은 아직도 입이 떫은지 연신 입맛을 다셨다.

"처음부터 명주를 마시면 어떻게 명주의 맛을 제대로 음미할 수 있겠습니까? 처음에는 백건아부터 시작해서 적당히 술기운이 올랐을 때 비로소 명주를 마시기 시작하면 명주의 맛을 소름 끼치게 음미할 수 있는 것이 아니겠습니까?"

남궁찬은 껄껄 웃으며 한 번에 거의 반병을 마시고는 남궁세준에게로 병을 내밀었다.

"저는 싫습니다, 숙부님. 처음부터 명주만 마셔도 모자랍니다."

남궁세준은 손을 내저으며 뒤로 물러앉았다.

"이런, 이런… 전형적인 세가 나부랭이로군……. 쯧쯧!"

남궁찬은 혀를 몇 번 차고는 이번에는 남궁세희에게 술병을 내밀었다.

"저도 싫어요, 숙부님! 그것부터 마시면 입맛을 버려 끝까지 술맛을 잡친단 말예요."

남궁세희도 고개를 흔들었다.

"그 오빠에 그 누이로구먼. 쯧쯧."

남궁찬은 남은 백건아마저 쭈욱 들이켜고는 익기 시작하는 돼지고기 한 점을 잘라 소금에 찍어 한입 가득 넣고는 우물거리며 씹었다. 그리고는 눈물을 흘릴 정도로 행복하다는 표정을 지었다.

"푸훗!"

숙부의 익살스런 모습에 남궁세희가 실소를 터뜨렸다.

"원! 사람하고는……."

남궁한이 쓴웃음을 지은 후 다른 술병을 들고 뚜껑을 땄다.

그것은 백건아가 아닌 금존청(金尊淸)으로, 뚜껑을 열자마자 주향이 사방으로 퍼져 나갔다.

"휴우— 이런 것이 진짜 술이죠!"

남궁세희도 입맛을 다시며 다가앉았다. 이젠 지글거리며 완전히 익기 시작한 고깃덩이에서 피어오른 고소한 냄새가 시장기를 돋우며 술맛까지 돋우고 있었다.

"역시 금존청의 맛은 일품이야."

남궁세준과 남궁세희가 한 모금의 술을 마신 후 탄성을 질렀다. 그리고는 소도로 고기 한 점을 잘라 얼른 입에 넣었다. 고소한 육즙이 술맛과 어우러져 형언할 수 없는 풍미를 자아내게 했다.

"이제부터 나도 그걸 마시지."

남궁찬은 입맛을 다시며 한 병의 금존청을 벌컥거리며 들이켰다.

"그런데, 형님. 왜 이렇게 서두르는 것인지요?"

금존청을 들이켜고 고기 한 점을 입에 넣은 남궁찬이 의구심 가득한 눈으로 남궁한을 쳐다보았다.

가주 남궁한이 가문에서 가까운 정도맹 지부를 젖혀두고 굳이 소주 지부로 가는 것도 궁금했고, 아직 대전이 일어난 것도 아닌데 이렇게 서두르는 것도 도무지 이해가 가지 않은 것이다.

"한시바삐 누굴 좀 만날 일이 있네."

잠시 뜸을 들이던 남궁한이 무심한 음성으로 말했다.

"누구 말인가요? 설마 유 공자는 아니겠죠?"

처음에는 남궁찬처럼 전혀 영문을 모르다가 그새 어느 정도 낌새를 챈 남궁세희가 눈을 반짝이며 부친 남궁한을 쳐다보았다.

"그 친구야!"

남궁세준이 입맛을 다시며 고개를 끄덕였다. 그동안 열 번도 더 받았던 질문이라 더 이상 얼버무릴 수가 없었기 때문이다.

"유 공자라면……? 얼마 전에 정도맹을 휘저어놓은 백호투왕(白虎鬪王)이란 그 청년 말이냐?"

남궁찬이 눈을 가늘게 뜨며 남궁세준을 쳐다보았다.

"그렇습니다, 숙부님."

남궁세준이 고개를 끄덕였다.

"대체, 그 청년은 왜?"

남궁찬은 더욱 궁금하다는 표정으로 남궁한과 남궁세준을 번갈아 쳐다보았다.

"그놈에게 아무래도 사기를 당한 모양일세."

남궁한이 입맛을 다시며 답했다.

남궁한의 대답을 들은 남궁세준은 쓰게 웃었다. 부친은 그런 핑계로 다시 유진룡에게 엉겨 붙으려 하고 있는 것이다.

"사기? 감히 남궁세가의 가주를 상대로 사기를 치다니……. 그런 간 큰 놈이 있단 말입니까, 형님? 하하하!"

남궁찬이 대소를 터뜨렸다.

유진룡이 정도맹을 휘저었다는 소문을 들은 직후부터 유진룡에 대해 대단한 관심과 호감을 가지고 있던 남궁찬이었기에 유진룡이 남궁한을 상대로 사기까지 쳤다는 말을 듣고 그 호감이 배는 더 증폭된 것 같았다.

"그놈 참! 그렇다면 나도 한시바삐 만나보고 싶군요. 그래서 그 사기 비법을 전수받고 싶습니다, 형님. 하하하!"

남궁찬이 다시 호쾌한 웃음을 터뜨렸다.

"쩝!"

남궁한은 쓴 입맛을 다시며 술을 들이켰다.

술을 한 모금 삼킨 남궁한의 심중에는 초조함과 착잡함이 교차하고 있었다.

절대고수의 반열에 있는 자신이 아무리 애를 써도 그 심법을 익히지 못한 패배감에 더없이 착잡한 마음이었고, 이젠 대전이 일어나기 전에 한시라도 빨리 유진룡을 만나 체면 불구하고 그 심법을 익히고 싶다는 생각에 마음이 더없이 초조해지고 있는 것이다.

"지금쯤 그 녀석은 소주에 도착했으려나?"

남궁한은 입가에 희미한 미소를 매달며 중얼거렸다.

어릴 때부터 시궁창이나 마찬가지인 뒷골목에서 살았다고 들었는데 누구보다 의기가 강하고 동생들을 위해서는 물불을 가리지 않는 기특한 데가 있는 놈이었다. 자신이 진 신세는 피를 팔아서라도 갚으려고 하며 돌아서는 자신에게 우주무한을 전해주고 떠나던 그 거구의 녀석이 이젠 보고 싶기까지 했다.

"지금쯤이면 도착했으리라 생각합니다. 그리고 그곳에서 정착할 생각인 것으로 알고 있습니다. 그러나 너무 조바심 내지 마십시오, 아버님!"

남궁세준이 남궁한의 마음을 진정시켰다.

"정사대전이 언제 터질지 모를 일이야. 그전에……."

남궁한은 말끝을 흐리며 술을 들이켰다. 그가 유진룡을 만나려 하는 목적은 자신과 아들, 남궁세준밖에 모르기 때문이었다.

"쉿!"

궁금증 어린 눈으로 남궁한을 쳐다보며 술병을 입에 가져가던 남궁찬이 다급한 목소리와 함께 손을 들어 올렸다.

남궁한과 남궁세준이 급히 고개를 돌려 남궁찬이 바라보

는 곳으로 시선을 돌렸다.

휘익—

획—

미세한 파공성과 함께 일단의 인영들이 어둠 속으로 사라지고 있었다.

작은 나뭇가지를 박차며 순식간에 사라지는 그 인영들의 경공술은 절대로 예사롭지가 않았다. 경공술로만 따진다면 남궁세준과 남궁찬에 뒤지지 않을 것 같았다.

그것이 호승심을 자극해 남궁세준이 몸을 일으켰다.

"염탐꾼인 것 같습니다. 정체를 알아봐야겠습니다."

남궁세준이 득달같이 몸을 날렸다.

"경거망동하지 말아라!"

남궁한이 고함을 질렀지만 남궁세준의 신형은 어느새 어둠 속으로 파묻히고 있었다.

남궁세준은 온 공력을 돋우며 경공을 펼쳤다. 그러나 아무리 기를 써도 괴인들과의 거리는 좁혀지지 않고 있었다. 또한 은밀히 추석하고 있음에도 불구하고 그들은 이미 자신의 추적을 눈치챘는지 그동안 여러 번 방향을 바꾸어 이젠 이곳의 위치마저 가늠해지지 않았다.

휘익—

휘익—

어느 순간 괴인들이 속도를 늦추었다. 그리고는 갑자기 뒤돌아섰다.

"으음!"

남궁세준은 비로소 자신이 놈들의 유인에 걸렸다는 사실은 느끼고 신음성을 삼켰다.

"어서 오시게, 남궁 소가주!"

가운데에 선 괴인이 이를 허옇게 드러내며 웃었다. 막 떠오르기 시작한 달빛에 반사된 그 허연빛이 검광처럼 섬뜩했다.

"웬 자들인가?"

남궁세준은 최대한 낮은 음성으로 말했다.

경공만으로도 상대는 절정고수 같았는데, 더 나아가 자신을 알고 있다는 사실이 가슴을 무겁게 내리눌렀지만 최대한 침착해야 했다.

"그것도 모르면서 여기까지 따라왔단 말인가?"

가운데 선 괴인이 다시 웃었다. 예의 그 치아의 흰빛이 더욱 선명하게 드러났다.

'경솔했다.'

남궁세준은 깊게 후회했지만 너무 늦었다. 중원제일가의 소가주라는 자만심이, 그리고 무언가를 염탐했다가 급히 달아나는 이들의 모습이 본능적으로 추격하게 만들었고 이렇게 고립, 포위된 것이다.

"잡게!"

가운데에 선 괴인이 낮은 목소리로 지시했다.

그 목소리를 들은 남궁세준은 가슴이 철렁 내려앉는 느낌을 받았다.

공력을 운기하지 않은 목소리였지만 그것은 확신을 넘어 결정된 사실을 통보하는 것 같은 음성이었다. 그것만으로도 그 부하들의 무위 역시 결코 자신의 아래가 아님을 대번에 느낄 수 있었다.

챙—

남궁세준은 검을 뽑아 들었다.

그때 오른쪽에 있던 괴인 하나가 바람처럼 다가들었다.

휘익—

남궁세준은 신속히 검을 쳐올렸다.

일체의 군더더기도 없이 사선으로 그어 올라가는 검은 다가드는 사내를 단번에 반쪽 낼 듯 신랄했다.

달려들던 사내가 주춤거리며 신형을 비틀었다.

중원제일가 소가주의 검이 결코 만만치 않았던 것이다.

사내가 흔들리는 것을 기회로 남궁세준은 쳐올렸던 검을 직도양단의 기세로 그어 내렸다.

주춤거리던 사내가 급히 검을 막아갔다.

휘리릭—

중검(重劍)에서 순식간에 환검(幻劍)으로 바뀐 남궁세준의 검이 괴인의 가슴 대혈 다섯 곳을 한꺼번에 찔러 나갔다.

째째쨍!

검이 부딪치며 쇳소리가 터져 나왔다.

"가세하라!"

한 명으로 힘들다고 생각했는지 가운데에 있는 괴인이 다시 명령을 내렸다.

휘이익—

오른쪽에 있던 사내 하나가 신속히 몸을 날렸다.

무기를 들지 않은 적수공권의 사내였다. 그러나 그의 몸놀림은 검을 든 첫 번째 사내보다 오히려 무거운 바가 있었다.

남궁세준은 그 사내를 향해 다시 현란하게 검을 휘둘렀다.

검을 휘두르던 남궁세준의 표정이 급격히 일그러졌다.

분명 베었다 싶었는데 검인에 걸리는 것은 빈 허공이었고, 사내는 어느새 방향을 틀어 왼쪽으로 쇄도해 들고 있었다.

절정의 보법이었다. 그러나 그보다 더 놀라운 것은 그의 손이었다.

슬쩍 흔들리는 것 같던 그의 손은 어느새 천변만화하는 조화옹의 손처럼 움직이며 가슴과 옆구리의 대혈들을 공격해 들어왔다.

휘리릭—

남궁세준도 환검을 펼치며 복면인의 손을 잘라갔다.

달빛에 반사된 검광이 허공에 시린 빛줄기를 수놓으며 복면인의 손그림자를 모두 잘라갔다.

복면인의 손은 다시 무수한 잔영을 뿌리며 이번에는 남궁세준의 목덜미를 잡아왔다.

남궁세준은 급히 한 발 뒤로 물러서며 신속하게 손 그림자를 베어나갔다.

손그림자가 다시 사라지고 검광이 온 허공을 뒤덮었다. 하지만 그것은 순간의 착각일 뿐, 손그림자는 어느새 그물이 되어 남궁세준의 검을, 그리고 그의 전신을 향해 덮쳐 왔다.

남궁세준은 검초를 바꾸어 제왕무적검(帝王無敵劍)을 펼쳤다.

남궁세가의 독문 검법이 남궁세준의 검에서 그 정화를 아낌없이 드러내며 시린 검광이 쏟아지는 빛줄기처럼 뻗어 나왔다.

"좋은 수법!"

괴인이 감탄사를 터뜨리며 양손을 세차게 흔들었다.

그를 따라 처음 나섰던 사내도 현란하게 검을 휘둘렀다.

따다당—

쇠로 검신을 두드리는 듯한 경쾌한 소리가 울리며 제왕무적검의 검로가 모조리 휘어지고 검이 허공으로 떠올랐다.

뜨끔!

남궁세준이 뿌린 검을 모두 쳐낸 손그림자 중 하나가 남궁세준의 가슴 혈 한 곳을 찍었다.

쟁강—

검을 놓친 남궁세준이 뻣뻣하게 뒤로 넘어갔다. 그런 그를 한 명의 괴인이 부축해 안았다.

"가자!"

여전히 처음의 그 모습으로 가운데에 서 있던 괴인이 낮게 소리쳤다.

"가려면 그대들만 가시오!"

괴인들이 막 자리를 뜨려는 순간, 뒤쪽에서 솟구치듯 나타난 남궁한이 괴인들을 막아섰다.

다섯 명의 괴인이 일시에 흠칫하고 신형을 굳혔다.

"역시 무극신검 남궁 대협이야!"

제일 왼쪽에 선 사내가 가벼운 찬사를 던졌다.

"내 아들부터 내려놓게."

남궁한은 차가운 눈으로 남궁세준을 안고 있는 사내를 쳐다보았다.

사내가 슬쩍 고개를 돌려 가운데에 있는 사내를 쳐다보았다.

"목적을 완수했으니 미끼는 필요없겠지."

가운데에 있는 사내가 고개를 끄덕였다. 그러자 남궁세준을 안고 있던 사내가 남궁세준을 바닥에 내려놓았다.

"목적?"

남궁한이 눈살을 찌푸렸다.

"남궁가주를 이런 외진 곳까지 불러내는 것이 우리 목적이었지. 그동안 내내 무사들과 같이 있어 할 수 없이 이런 수를 썼지."

사내의 입술이 얼핏 비틀어지는 것처럼 보였다.

"건방진!"

한마디 중얼거림과 함께 남궁한은 왼쪽 발을 앞으로 슬쩍 움직였다.

쉬이익—

남궁한의 신형이 순간적으로 쭈욱 늘어나는 것 같은 착각을 불러일으키며 시퍼런 검광이 벼락처럼 허공에서 떨어져 내렸다.

"역시!"

가운데 있던 사내가 감탄사와 함께 쌍장을 휘둘렀다. 그의 손에서 안개같이 휘뿌연 기운이 서리서리 흘러나와 남궁한이 뿌린 검광을 맞받아쳐 갔다.

콰앙—

폭음이 일며 순간적으로 사방이 훤하게 밝아졌다가 다시 어둠이 내려앉았다.

"당신은… 육성의 일인인 은영무객 진국동?"

일 합을 겨뤄본 남궁한이 신음처럼 중얼거렸다.

*   *   *

"너희 대장 요즘 어떻게 된 거야?"

단리하연이 가시가 돋친 눈빛을 하며 소고에게 물었다.

소향상회로 온 그날부터 단리하연은 유진룡과 단둘이 차 한 잔을 제대로 마시지 못했다.

오자마자 동생들의 꿈을 점검하고 술자리를 열어 새벽까지 먹고 마신 후 잠시 자신의 처소로 가서 쉬는가 싶었는데, 아침에 충혈된 눈으로 찾아와서는 지하 석실 하나를 비워달라고 했다.

마침 비워져 있는 곳이 있어 안내해 주었더니 그때부터는 그곳에서 두문불출이다.

음식 먹는 것도 잊어버렸는지 식사 시간이 되어도 나타나지 않아 결국 시비들을 시켜 가져다주고 있는 실정이었다.

몇 번 동생들을 보내 무슨 짓을 벌이는지 알아보게 했지만 아예 문조차 열어주지 않는다는 말이었다.

"회주님… 아니, 누님께서 모르시는 일을 제가 어떻게 압니까?"

분위기가 심상찮음을 느낀 소고는 누님이라는 호칭을 내세우며 몸을 사렸다.

"그래도 너희들은 뭔가 통하는 게 있을 게 아니냐? 어린 시절 같이 살 때 저런 모습을 보았을 테고……."

단리하연이 고함처럼 목소리를 높였다.

"글쎄요……. 그때는 큰 싸움을 하고 만신창이가 되면 저렇게 한동안 혼자서 틀어박혀 있었는데… 혹시 누님과 싸운

건 아닙니까?"

소고가 오히려 단리하연에게 질문을 던졌다.

"싸울 시간이라도 한 번 가져 봤으면 좋겠다. 코빼기라도 내보여야 싸우지!"

단리하연의 목소리가 더 높아졌다.

"거참! 대체 무슨 일이지?"

소고는 고개를 갸웃거렸다.

단리하연의 질문과는 상관없이 소고도 유진룡의 최근 행동이 궁금하기 짝이 없었다.

아파서 죽을 정도가 아니면 움직였고, 한곳에 가만히 처박혀 있는 것을 죽기보다 싫어하는 유진룡이었다. 그런 그가 소향상회로 오자마자 지금까지 두문불출이었다.

"너도 한번 가봐!"

단리하연이 안달이 난 눈빛이 되어 말했다.

"그러긴 하겠지만 아예 문을 열어주지 않으니 부수고 들어갈 수도 없고… 차라리 누님이 직접 가보는 것이 낫지 않겠습니까?"

소고가 자신없다는 표정으로 단리하연을 처다보았디.

"세 번이나 퇴짜를 맞았으면 됐지, 또 그러란 말이냐!"

단리하연이 고함을 꽥 질렀다.

"아니! 누님이 갔는데도 나오지 않았다는 말입니까? 그것도 세 번씩이나?"

소고는 웃지도 울지도 못하는 심정이 되어 단리하연의 눈치만 살폈다.

금빙화라는 별명과 함께 자존심 강하기가 하늘에 이르는 대소향상회의 회주 단리하연이 남자를 찾아가서 세 번이나 문전박대를 당했으니 그 심정이야 오죽하겠는가?

아마 그 상대가 유진룡이 아니었다면 지금쯤 그는 땅속에 파묻혔을 것이다.

'좌우간 여자 다루는 솜씨는 꽝이라니까.'

소고는 내심 쓴웃음을 삼키며 짙은 의구심에 사로잡혔다.

"가볼 거야, 말 거야?"

더욱 높아진 단리하연의 목소리에서 도끼날이 튀어나왔다.

"가, 가봐야죠. 내 오늘은 문 앞에서 단식 농성을 하더라도 대장을 만나고 오겠습니다."

소고는 얼른 답했다.

"그래! 그렇게 해!"

단리하연의 표정이 금새 풀어지며 목소리도 누그러졌다.

'푸후! 천하의 금빙화도 대장 앞에서는 물빙화가 되는군!'

속으로 중얼거린 소고는 얼른 몸을 돌렸다.

그때 어디서 포탄이라도 터지는 듯한 둔중한 진동음이 들려왔다.

"뭐지?"

단리하연이 고개를 갸웃거렸다.

"글쎄요? 옆집에서 기둥이라도 하나 쓰러진 모양인가 본데요?"

소고도 목을 빼어 창밖을 잠시 쳐다보다 고개를 돌렸다.

"갔다 오겠습니다."

소고는 고개를 숙이고는 문손잡이를 잡았다.

"어이쿠!"

문을 열려던 소고는 급히 뛰어들어 오는 시비와 부딪치며 비명을 질렀다.

"회주님! 큰일 났습니다!"

어린 시비가 사색이 된 채 소리를 질렀다.

"무슨 일이기에 이렇게 경망스럽게 구는 것이냐?"

단리하연이 눈살을 찌푸리며 시비를 질책했다.

"창고가… 창고가 무너진 모양입니다."

시비가 숨을 몰아쉬었다.

"창고라니……? 설마 유 공자가 있는 석실 말이냐?"

단리하연이 펄쩍 뛰며 마주 소리쳤다.

"예! 큰 진동음과 함께 땅이 흔들리며 유 공자가 계신 석실 부분이 움푹 꺼졌습니다."

시비가 울상이 되었다.

콰앙—

문이 부서지며 단리하연의 신형이 밖으로 쏘아졌다.

“누, 누님!”

소고도 고함을 지르며 단리하연의 뒤를 따랐다.

“유 공자!”

“대장!”

“진룡아!”

단리하연과 소고, 이장명의 목소리가 지하 석실 내부를 가로질렀다. 문을 부수고 들어가자 천장의 반쪽이 내려앉은 채 흙먼지가 가득한 석실 내부의 상황은 도저히 눈으로 분간할 수가 없었다.

“유 공자! 어서 대답 좀 하세요!”

단리하연이 울부짖듯 소리를 질렀다.

“콜록!”

“콜록!”

흙먼지가 가득한 석실 한쪽에서 기침을 하는 소리가 들려왔다.

“유 공자!”

단리하연이 기쁨에 찬 소리를 질렀다.

“사제!”

철사홍도 고함을 지르며 기침 소리가 나는 쪽으로 달려갔다.

“젠장!”

한 인영이 역정을 토하며 걸어나왔다. 머리와 어깨, 얼굴에 온통 흙을 뒤집어쓴 거구의 인영은 지금 막 지옥에서 빠져나오는 진흙상 같았다.

"사제, 괜찮아?"

주애청이 넋이 나간 표정으로 유진룡을 쳐다보았다.

"쿨럭!"

유진룡은 대답 대신 연신 기침을 해댔다.

"유 공자!"

단리하연이 울음과 함께 와락 달려들어 유진룡을 부축했다.

"괜찮죠, 괜찮은 거죠?"

단리하연이 유진룡의 어깨에서 흘러내리고 있는 흙을 황급히 털어내며 물었다.

"괜찮습니다. 쿨럭!"

유진룡은 다시 한 번 기침을 하며 흘러내린 흙더미 쪽을 쳐다보았다.

"하마터면 생매장당할 뻔했군!"

유진룡은 양손으로 얼굴을 훔치며 중얼거렸다.

"대체 이게 어찌 된 일이야, 사제? 그간 석실에서 벽력탄이라도 제조한 거야?"

주애청이 사방을 둘러보며 코를 킁킁댔다. 그러나 실내에는 흙냄새만 자욱할 뿐, 화약 냄새는 전혀 맡아지지 않았다.

"공사가 부실했던 모양입니다. 갑자기 무너져 내리는 게……."

유진룡은 뒤를 돌아보며 얼버무렸다.

"유 공자가 제일 서툰 게 뭔지 아세요?"

이젠 조금 안정이 된 단리하연이 면포로 유진룡의 얼굴을 닦아주며 말했다.

"뭡니까, 그게?"

흙먼지가 대충 닦여지자 유진룡은 비로소 사람 같았다.

"그건 바로 거짓말이에요. 거짓말을 할 땐 열 가지도 넘는 변화가 나타나죠. 그러니 사실대로 말해봐요, 대체 무슨 일이 있었는지?"

단리하연은 그간의 무심함에 대한 보상이라도 받을 듯이 다그쳤다.

"그건 차차 말해주겠습니다. 우선 이곳부터 빠져나갑시다. 남은 반쪽도 언제 무너져 내릴지 모르니까요."

유진룡은 단리하연의 어깨에 팔을 감싸며 서둘러 몸을 움직였다.

"그래, 어서 나가자!"

철사홍도 팔을 뻗어 주애청과 소고 등을 떠밀다시피 하며 지하 통로를 벗어났다.

"무공 수련을 좀 했습니다. 너무 심취해서 나도 모르게 주먹을 휘두르다가 기둥을 부수어서…….”

유진룡은 거듭되는 질문에 사실을 말했다.

“그것도 거짓말이야. 기둥을 무너뜨리는데 어떻게 벽력탄이 터지는 것 같은 폭음과 함께 땅이 다 울려?”

주애청이 눈을 반짝거리며 유진룡을 빤히 쳐다보았다.

“그러니까 부실 공사라고…….”

“내가 직접 감독했어요!”

단리하연이 단호하게 말하며 눈을 흘겼다.

“어쨌든 살아났으니 다행 아닙니까. 먼지를 마셨더니 목이 따갑군요. 돼지고기 안주에 술이나 몇 병 준비해 주십시오. 난 목욕부터 좀 하겠습니다.”

유진룡은 대답을 회피하며 자리에서 일어서 밖으로 나갔다.

“폭약은 아닌 것 같고… 주먹을 휘둘러 그런 위력을 발휘할 수 있나?”

철사홍이 머리를 긁적거리며 주애청을 쳐다보았다.

“모르죠. 보기보단 음흉한 데가 있는 사제라 그동안 꿍쳐 놓은 것이 있을지도……. 천산에 가서 김횡도 만나고… 사람이 달라져 왔으니 뭔가 새로운 성취를 이룬 모양인가 봐요. 어쨌든 대단해요. 난 지진이 난 줄 알았다니까요.”

주애청이 기대감이 잔뜩 어린 얼굴로 철사홍과 단리하연을 쳐다보았다.

“정말 그럴까요?”

단리하연도 고조된 표정으로 주애청을 마주 보았다.

“아유 참! 회주님이 그런 건 제일 먼저 알고 있어야 하는 것 아닌가요?”

주애청이 고소와 함께 핀잔을 주었다.

“그러게 말이에요. 난 오늘까지 단둘이서 차도 한 잔 못 마셨어요.”

단리하연이 한숨을 푹 내쉬었다.

“그럼, 우린 자리를 피해줄 테니 지금부터 붙잡고 앉아 하루 종일 술을 마시세요. 그리고 술기운을 빌어 그간 서운했던 마음을 다 토로하세요.”

주애청이 미소와 함께 철사홍에게 눈짓을 했다.

“으응? 아, 알았어, 사매!”

철사홍이 빙글거리며 자리에서 일어섰다.

“고마워요, 주 소저!”

볼이 상기된 단리하연이 미소를 지으면서 술자리를 마련하고자 탁자를 정리했다.

그러나 그 술자리는 준비도 되기 전에 깨어져 버렸다.

두두두!

소향상회의 정문 밖에서 다급한 말발굽 소리가 들려오더니 잠시 후 소향상회의 정문을 억세게 두드리는 소리가 들려왔다.

일단의 호원무사들이 소향상회 정문을 향해 뛰어갔다.

"무슨 일이냐?"

호위대장 조항이 바깥채 호원무사들을 향해 고함을 질렀다.

"정도맹 소주 지부에서 온 사람들인데, 유 공자와 철사홍 대협을 급히 만나기를 원합니다."

무사 하나가 긴장된 기색으로 답했다.

"정도맹 소주 지부?"

주애청과 철사홍은 서로를 쳐다보며 긴장의 끝을 늦추었다.

정도맹의 무사라면 적도들이 아니었기 때문이다. 그러나 이렇게 급한 모습으로 그들이 소향상회를 방문한 것은 예사롭지가 않았기에 철사홍의 뇌리로 불길한 예감이 스쳐 지나갔다.

"들여보내시오."

철사홍이 무사를 향해 지시하자마자 무사가 급히 뛰어나갔다.

"철 대협과 유 공자에게 전할 말이……."

잠시 후 안채로 들어온 사내가 눈빛을 빛내며 철사홍과 유진룡을 찾다가 거구의 두 사내를 보고 곧장 그들에게로 향했다.

"추풍신검 철 대협이십니까?"

"그렇소! 내가 철사홍이오."

철사홍이 고개를 끄덕였다.

"그럼 소협은 백호투왕 유진룡 공자……?"

사내가 대충 목욕을 하고 나온 유진룡을 향해서도 신분을 확인했다.

"백호투왕?"

유진룡은 대답 대신 사내가 말한 별호를 읊조렸다.

자신에게 그런 별호가 붙었다는 것은 금시초문이었다. 무공을 수련하고 세상에 나온 지는 그럭저럭 이 년이 넘었지만 그동안 정체를 숨기고 음지로만 돌아다닌 탓에 이름이 별로 알려지지 않다가 이번에 정주에서 정도맹을 상대로 한바탕 휘저어놓으며 그런 별호가 붙은 것 같았다.

"백호투왕? 우와! 정말 잘 어울리는 별호야, 사제."

철사홍 옆에 선 주애청이 손뼉을 치며 호들갑을 떨었다.

"백호투왕은 모르겠고… 내가 유진룡이오. 그런데 무슨 일이오?"

사내는 잠시 주변을 둘러보며 눈치를 보았다. 은밀히 할 얘기가 있는 모양이었다.

"알겠소. 안으로 듭시다."

유진룡이 고개를 끄덕이며 사내를 안으로 안내했다.

"우리는… 실은 남궁세가의 사람들입니다."

“남궁세가?”

사내가 정도맹 소주 지부 무사인 줄 알았던 유진룡은 뜻밖의 상황에 눈을 크게 떴다.

남궁세가의 가주 남궁한에게 우주무한의 심법을 전해주며 그들과의 인연은 당분간 끝난 줄 알았는데 정말 뜻밖이었다.

“오늘 새벽 저희 가주께서 큰 부상을 입고 소주 지부에 도착했습니다.”

사내가 빠르게 답했다.

“남궁가주가?”

“부상?”

두 개의 단어가 제각각 허공을 떠돌았다.

남궁세가의 가주가 소주 지부에 도착했다는 사실도 뜻밖이었지만 그가 부상을 당했다는 것은 더욱 뜻밖이었다. 남궁가주 남궁한은 무극신검이라는 별호와 함께 사존의 일인이다.

산술적으로만 따지자면 그에게 부상을 입힐 만한 무인은 일황과 이제, 삼후의 여섯 사람 정도이다.

“대체 누가 남궁가주에게 부상을 입혔난 말이오?”

유진룡은 서둘러 질문을 던졌다.

“그들은 다섯 명의 괴인이었습니다. 그중 가주에게 직접적인 상처를 입힌 사람의 정체를 확인했는데, 육성의 한 사람인 은영무객 진국동이라 합니다.”

사내는 두려움이 이는 얼굴로 빠르게 답했다.

"육성?"

눈 사이를 좁힌 유진룡은 신음처럼 중얼거렸다.

정도맹 총단에서 맹주 여조성과 마주했을 때 육성은 도천극의 오른팔이고, 또 그들이 밀영이라는 조직을 이끌고 있다고 들었다. 그런 그들이 이젠 이곳까지 나타나 남궁가주를 공격했다는 것은 흑사련이 준동했다는 신호일 수도 있었다.

"육성의 인물이라면 오패보다도 아래의 서열이 아닌가요? 그런데 그가 사존의 일인인 남궁가주에게 부상을 입혔단 말인가요?"

주애청이 이해가 안 된다는 표정으로 말했다.

"육성은 이제껏 가장 정체가 알려지지 않은 사람들이었습니다. 게다가 어젯밤에 보인 은영무객 진국동의 무위는 예상을 훨씬 뛰어넘었다고 했습니다. 만약 가문에서 이끌고 오던 백 명의 무사가 아니었으면 가주는 목숨을 잃었을 것이라 했습니다. 세가의 무인들 수십 명이 희생되며 가주는 겨우 목숨을 건졌습니다."

사내는 입술을 지그시 깨물며 목이 마른 듯 침을 꿀꺽 삼켰다.

철사홍이 마침 시비가 들고 온 물그릇을 건네주었다.

사내는 벌컥거리며 물 한 그릇을 순식간에 마셨다.

"남궁 소가주는?"

유진룡은 남궁세준의 안위를 물었다.

"다행히 공자는 무사합니다. 공자가 유 공자와 철 대협께서 여기 계신 것을 알고 급히 우리를 보냈습니다."

사내는 다시 분기가 이는지 이를 뿌드득 갈았다.

유진룡은 사내에게서 좀 더 상세한 설명을 듣고 싶었지만 사내는 더 이상 아는 것이 없었다. 급히 상황만을 알리러 온 모양이었다.

유진룡은 잠시 생각에 잠겼다.

사존의 일인인 남궁가주에게 중상을 입힐 정도라면 육성의 무인들은 처음부터 실력을 숨기고 있었거나 그사이 무공이 높아졌다고 볼 수 있다. 어느 쪽이든 그건 극히 위험했다. 그런 위험을 남궁가주가 제일 먼저 직면한 것이다.

"가봐야겠습니다, 사형!"

잠시 후 유진룡은 철사홍을 향해 말했다.

"같이 가보세!"

철사홍이 고개를 끄덕이며 나섰다.

"아닙니다. 사형은 만일의 사태에 대비해 여기 계시는 게 좋을 것 같습니다."

유진룡이 고개를 흔들었다.

"그래요. 사형은 나와 함께 여기 있도록 해요. 놈들이 이곳으로 올지도 모르니까요."

주애청이 철사홍의 팔을 끌었다.

“여긴 소주의 한복판인데 설마 여기까지…….”

철사홍이 미련이 남는 표정으로 말했다. 그는 되도록 싸움터 가까운 곳으로 가고 싶은 것이다.

“그건 모르는 일이에요. 그리고 이곳이 잘못되면 사제에겐 치명적이에요.”

주애청이 단호하게 말했다.

“쩝! 그건 그렇군.”

마침내 철사홍이 어깨를 늘어뜨렸다.

第百一章

전화위복

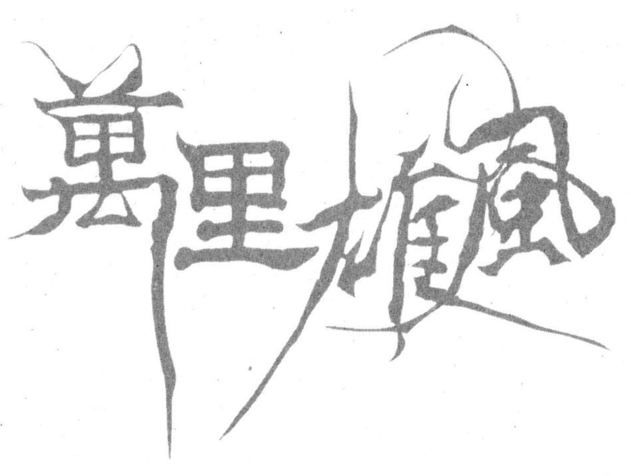

남궁가주 남궁한의 상태는 예상보다 심각했다. 피투성이의 몸에 의식마저 잃고 있었다. 단순히 부상을 입었다는 무사의 말과는 달리 중태였다. 사존이라는 명성과 위치가 있으니 소식을 전하러 온 무사는 최대한 가볍게 말한 모양이었다.

"대체 이게 무슨 일인가?"

인사도 제대로 나누지 못한 채 유진룡은 남궁세준을 향해 소리를 질렀다.

방 안에는 남궁세준 남매와 남궁찬, 가내무사 한 명, 그리고 의생 두 명이 긴장된 모습으로 움직이고 있었다.

남궁세준은 상처를 입은 곳이 없어 보였으나 백지장처럼 창백한 얼굴이 혼이 다 빠져나간 사람 같았다.

"보고 있는 그대로일세."

남궁세준이 갈라지는 목소리로 답했다. 낙백한 몰골의 그는 길게 설명할 여력도 없는 것 같았다.

"마음을 가라앉히고 좀 더 자세히 설명을 해보게."

유진룡이 차분한 말로 달랬다. 그리고는 물을 청해 억지로 마시게 했다.

유진룡의 등장과 함께 조금 마음을 추스른 남궁세준이 털썩 의자에 주저앉으며 양손으로 머리를 감싸 쥐었다. 그동안 너무 큰 심적 충격에 얼어붙어 있던 격정이 한꺼번에 몰려오는 모양이었다.

"내가… 너무 경솔하여 아버지를 이렇게 만들었어. 모두 나 때문이야."

남궁세준은 머리카락을 움켜쥐며 울부짖듯 말했다.

"오빠!"

남궁세희가 남궁세준을 부축하려 다가가려 했지만 유진룡이 팔을 들어 그를 제지했다.

억눌린 감정 덩어리는 죽은피와 같아서 토해 버리는 것이 오히려 낫다. 그러고 나면 가슴이 시원해지고 마음이 가라앉는 것이다. 유진룡은 남궁세준의 격정이 가라앉기를 기다리며 그를 주시했다.

중원제일가의 장남으로 모든 면에서 부러울 것 없이 자란 그였기에 언제 어떤 순간에도 여유롭고 유쾌했다. 그런 남궁세준의 지금 모습은 전혀 뜻밖이었고 앞으로의 혈풍을 예고하는 것 같아 마음이 무거웠다.

"무서운 놈들이었네."

한참 후에 냉정을 되찾은 남궁세준이 입을 열었다.

"어떤 놈들이던가? 그리고 몇 명이나 되었나? 아니, 그보다 여긴 어쩐 일인가?"

유진룡은 자신도 모르게 급한 마음이 되어 두서없이 질문했다.

"정도맹에서 동원령을 내렸고 아버님의 의향대로 우리 남궁가는 소주 지부로 오게 되었네."

"그랬군. 느닷없이 소주에 나타나서 당황했네. 계속하게."

유진룡은 분위기를 가라앉히려 계속 차분하게 화답했다.

"그놈들은 며칠 전부터 우릴, 아니, 아버님을 노리고 있었던 것 같았네."

남궁세준의 표정이 다시 일그러졌다. 그러나 한숨을 길게 내쉰 후 그는 다시 입을 열었다.

"누군가 우리 동정을 살피다가 떠나는 것 같은 기색을 느낀 난 경거망동하지 말라는 아버지의 경고도 무시하고 혼자서 추적했네. 놈들의 경공이 예상보다 고절해서 한참을 쫓아갔지만 거리가 좁혀지지 않더군. 그래서 더욱 기를 쓰고 쫓아

가다 보니 어느새 숲 속에서 혼자 떨어지게 되었고 그것을 느 긴 순간 놈들은 경공을 멈추고 나를 포위했네."

남궁세준은 그때의 격했던 감정이 되살아나는지 심호흡을 몇 번 했다.

"그리고는 곧장 나를 공격해 들었는데, 그 기세가 너무 거 세어 감짝 놀랄 정도였네. 모두 느긋이 구경하고 두 명이 나를 협공했는데…… 그들의 거센 공격에 결국 난 검을 떨어뜨리고 말았고 그 즉시 그들은 나를 점혈하고 납치해 가려고 했네."

남궁세준은 다시 감정이 들끓어 오르는지 잠시 말을 멈추 었다.

유진룡은 남궁세준의 말이 쉽게 믿어지지 않아 눈만 끔벅 거렸다. 아무리 두 사람이 협공을 했다지만 중원제일가의 장 남을 쉽게 제압하고 납치해 갈 수 있는 사람들이 얼마나 될지 짐작이 가지 않았다.

"그 순간 아버님께서 나타나셨고 이제껏 관망하고 있던 중 년인이 나서서 아버지를 상대했는데, 한 번 격돌한 아버님이 그자를 보고 은영무객 진국동이라고 고함을 지르는 소리를 들었네."

"은영무객 진국동……."

유진룡은 눈살을 찌푸렸다.

아까 소식을 전하러 온 무사를 통해 그 이름은 들었다. 그 러나 그에 대해서 아는 것이 전혀 없었다. 육성에 대해서 유진룡이 아는 사람은 양혼절맥수 공우기뿐이었다.

"아버님의 고함 소리를 듣고 나 역시 머리끝이 쭈뼛 서는 경각심을 느꼈지만 너무 늦었네. 그들은 나를 핍박하며 아버지를 몰아쳐 순식간에 이런 지경으로 몰고 갔네."

남궁세준은 다시 머리카락을 움켜쥐었다.

"내가 그렇게 경솔하게 움직이지만 않았어도 이런 일은 없었을 텐데……. 하지만 놈들은 너무 강했네. 세가의 무사들이 나타나지 않았으면 아버지는……."

남궁세준의 설명은 거기까지밖에 이어지지 못했다. 의식을 잃고 있던 남궁한의 숨결이 급해지고 있었기 때문이다.

"아, 아버님!"

"형님!"

남궁세준과 남궁찬이 소리를 지르며 남궁한에게 다가갔다. 유진룡도 급히 몸을 움직였다.

"후욱—"

"훅!"

남궁한의 숨소리가 더욱 급해졌다.

타다닥—

탁—

남궁세준과 남궁찬이 번갈아가며 남궁한의 혈을 두드렸다. 그러나 아무런 소용도 없었고 오히려 상세가 더 악화되며 이마에 굵은 힘줄이 돋아나기 시작했다.

“주화입마의 전조입니다.”

옆에 있던 의생이 목소리를 높였다.

“아버님, 정신 차리십시오.”

남궁세준이 절망적인 음성으로 소리를 질렀지만 상태는 더욱 악화되어 갔다.

사존의 위치에 있는 남궁한에게 주화입마의 증상이 나타났기에 모두들 속수무책이 되어 허둥거리기만 했다.

혈맥을 뛰노는 진기가 굳셀수록 그만큼 더 위험했다. 그것을 공력으로 다스리려면 그보다 월등히 공력이 높은 사람이 진기를 다스리고 이끌어주어도 된다는 보장이 없었는데 지금 이 자리에는 남궁한보다 월등히 공력이 높은 사람은 없었다. 그건 전 무림에서도 없다고 봐야 할 것이기에 속수무책의 상황이었다.

“비켜보게!”

유진룡이 남궁세준을 밀쳐 내며 다가섰다.

유진룡은 남궁한을 일으켜 앉히고는 맥문을 잡았다.

진기가 노도처럼 폭주하고 있었다. 유진룡은 자신의 공력으로 진기를 다스려 볼까 생각했지만 곧 머리를 흔들었다. 비록 만년석정수를 취해 예전과는 비교할 수 없는 상태였지만 미친 듯이 뛰노는 남궁한의 진기는 너무 강했고 또 그런 방면에 있어서는 자신은 아무런 지식도 없었다. 그랬다간 자칫하면 두 사람 모두 위험할 수가 있었다.

우우웅—

진기가 혈맥을 터뜨릴 듯이 더욱 거세게 뛰놀았다.

유진룡은 다급한 마음에 침이 마를 지경이었다.

그 순간 한 가지 생각이 유진룡의 뇌리를 관통했다.

"자네 부친은 그때 얻은 심법을 얼마나 익혔나?"

유진룡은 남궁한이 우주무한을 수련했으리란 짐작과 함께 남궁세준을 향해 급히 질문을 던졌다.

"하루도 빠짐없이 수련했지만 성과는 없다고 들었네."

남궁세준이 더욱 절망적인 음성으로 답했다.

유진룡은 고개를 끄덕였다.

지금 남궁한의 상황은 유진룡 자신이 도천극에게 당한 후와 비슷했다. 그때 자신은 우주무한의 심법에 죽자고 매달렸지만 아무런 소득이 없었고, 부상을 입어 주화입마에 접어들고 있었다. 다른 점이 있다면 남궁한은 그때의 자신처럼 공력을 잃지 않았다는 것이다.

"크윽!"

상태가 더 악화되며 급기야 남궁한은 울컥하고 한 모금의 선혈을 쏟아냈다. 내상을 입어 시커멓게 죽은피였다.

유진룡은 남궁한의 맥문을 쥔 손을 놓고 대신 단전에 손바닥을 갖다 댔다.

"쿨럭!"

유진룡이 공력을 운기하자 남궁한은 더 큰 기침과 함께 선혈을 토해냈다.

그런데 이번에는 죽은피가 아니라 선명한 붉은 피였다. 단전에서 뿜어지는 이런 피 한 종지면 몇 년의 공력과 맞먹는 것이다.

"대체 무슨 짓인가?"

유진룡이 계속해서 남궁한의 정혈을 토해내게 하자 남궁세준이 고함을 질렀다.

"날 믿게!"

유진룡이 침착하게 대답했다.

"도대체 뭘 믿으란 말인가? 지금은 우리 공력을 모두 보태주어도 모자랄 판인데 오히려 소멸시키다니?"

남궁찬도 남궁한의 입으로 계속 흘러나오는 선혈을 바라보며 소리쳤다.

"주화입마에 드는 것보다 나은 일입니다."

단호하게 말한 유진룡은 계속해서 남궁한의 정혈을 토해내게 했다. 그러면서 자신이 우주무한의 심법을 터득했을 때를 떠올렸다.

그때 도천극에게 몇 차례나 당하고 공력이 거의 다 빠져나간 허깨비 같은 상태에서 기적적으로 우주무한의 심법을 터득했다. 남궁한이 그동안 자신이 전해준 구결대로 매진했다면 그 물길을 알고 있을 것이고, 마지막 물길은 자신이 이끌어줄 생각이었다.

자신과 남궁한이 익힌 무공의 뿌리가 다르고 내공도 달랐지만 이대로 남궁한이 폐인이 되기보다는 그렇게 하는 것이 나았다.

유진룡은 계속해서 남궁한의 내력을 빠져나가게 했다.

남궁한은 그렇게 허깨비처럼 되어갔지만 공력이 빠져나감으로 해서 들끓던 내부가 오히려 가라앉았다.

그러던 어느 순간 유진룡은 길게 호흡을 이끌었다. 남궁한의 지금 상태가 우주무한을 터득하던 그때의 폐인 같았던 자신과 비슷해진 때문이었다.

우우웅—

유진룡의 호흡을 따라 실낱만큼 남은 남궁한의 내력이 물길을 잡기 시작했다.

텅 빈 우주에서 한 점 빛을 따라 의식을 모았고, 그 빛 속에서 또 하나의 우주가 열렸던 그때의 기억이 생생하게 떠올랐다.

유진룡은 그 빛을 향해 끈질기게 남궁한의 내력을 이끌었다.

시간이 정지되고 공간도 사라지는 시공 소멸의 순간이 끊임없이 이어졌다. 그 암흑의 우주에서 한 점 빛이 금방이라도 꺼질듯 가물거렸다.

우우웅—

어느 순간 유진룡은 끊어질 듯 미약하던 남궁한의 내력이 그 불꽃을 향해 스스로 흘러가는 것을 느낄 수 있었다. 그것은 남궁한이 몰아의 순간 속에서 우주무한의 심법을 터득하고 있다는 말이었다. 아니, 어쩌면 남궁한은 내부적으로 지금껏 치열한 싸움을 벌이고 있었는지 모를 일이었다. 그리고 이젠 우주무한의 심법으로 그 싸움을 마무리하고 있는 것이다.

'됐다!'

조금 더 진기를 이끌던 유진룡은 남궁한의 단전에 대고 있던 손을 떼었다.

남궁한이 스스로 물길을 잡은 이상 자신의 역할은 끝난 것이다. 이제부터는 시간이 해결해 줄 것이다.

"휴우—"

유진룡은 긴 한숨과 함께 호흡을 가다듬고 눈을 떴다.

"어찌 된 건가?"

조바심으로 숨이 넘어갈 듯한 남궁세준이 득달같이 물었다.

"다행히 고비는 넘겠네. 하지만 내력을 거의 잃었네."

유진룡의 대답에 남궁세준은 기뻐해야 할지 슬퍼해야 할지 모르겠다는 반응을 보였다.

주화입마의 위험에서 벗어난 것은 천만다행이었지만 내력을 거의 잃어버린 것은 큰일이었다.

"고맙네. 자네 덕분에 주화입마에 들지 않았으니 그것만으로도 큰 다행일세. 내력은 가문으로 돌아가면 다시 회복할 수 있을 걸세."

한참 후 남궁세준이 얼굴에 가득 떠올랐던 우려감을 떨치며 사의를 표했다. 그의 말대로 중원제일가인 남궁가에는 온갖 영약들이 있고 가문 내에서 제조한 단약들도 많았다. 그걸 이용하면 잃어버린 내력을 되찾는 것은 불가능한 일이 아니었다.

"그런데 어떻게 한 것인가?"

남궁세준은 도저히 이해가 안 간다는 표정으로 물었다. 남궁찬과 남궁세희도 도저히 납득이 안 되는 표정으로 유진룡의 얼굴만 주시했다.

주화입마에 빠지게 되면 그 당사자보다 월등히 내력이 높은 사람이 자신의 내력을 쏟아부어 주화입마에 빠진 사람의 진기를 다스려 구해내는 것이 한 가지 방법이었는데, 유진룡은 그런 상식과는 정반대로 남궁한의 내력을 소멸시키며 구해낸 것이다. 그건 듣도 보도 못했고 상상도 안 되는 일이었다.

"내가 경험했던 대로 한 걸세."

유진룡이 짤막하게 답했다.

"자네가 경험했던 대로라니?"

남궁세준의 눈에 더욱 큰 궁금증이 어렸다.

"주위를 좀 물려주겠나?"

유진룡의 말에 남궁세준은 의생과 가내무사들을 물렸다.

방 안에는 남궁세준 남매와 남궁찬만이 남아서 눈을 반짝이고 있었다.

"도천극의 마수에 걸려 죽을 뻔하다가 자네 손에 구해진 때를 기억하겠지?"

"그, 그래. 그때… 자네도 주화입마의 증상이 나타났지."

남궁세준이 크게 고개를 끄덕였다.

그때 강물에서 헤엄쳐 나와 강변의 바위 뒤에 기댄 유진룡은 등줄기에 큰 타격을 받고 생사의 기로에 서 있었다. 주화입마의 증세가 나타나 자신이 위험을 무릅쓰고 명문혈에 손을 대려 할 때 기적적으로 주화입마에서 빠져나왔었다.

남궁세준의 뇌리로 그때의 그 아찔했던 기억이 되살아났다.

"그때 진기가 거의 빠져나간 상황에서 난… 전화위복으로 우주무한의 심법을 깨달았지."

유진룡이 침착한 어조로 말했다.

"그럼… 아버님께서도 그 심법으로……?"

남궁세준이 크게 고함을 질렀다. 그러나 남궁찬과 남궁세희는 영문을 몰라 연방 눈동자만 이리저리 굴렸다.

"그 심법은 정상적인 상황에서는 불가능하고, 오히려 폐인이 되어가는 극한 상황에서 가능한 것이었지. 그래서 모험을 한 것일세."

유진룡이 고개를 끄덕였다.

“그렇다면 아버님께서 그토록 매진하던 심법을 완성했단 말인가?”

남궁세준의 목소리에 열기가 어렸다.

그동안 아무리 애를 써도 성취를 이루지 못해 낙담하는 부친을 보며 자신 역시 노심초사하고 같이 낙담했다. 그런데 그것이 절망적인 상황에서 성취를 이룬 것이다. 그야말로 전화위복이었다.

“내가 느끼기엔 그랬네. 하지만 내력을 거의 잃었으니……”

유진룡이 약간은 걱정스런 표정을 지었다.

“아까도 말했지만 그건 너무 걱정 말게. 가문의 능력이면 비록 시간은 좀 걸리겠지만 대부분 회복하실 것이네. 대신 그토록 원하던 걸 얻었으니 오히려 뛸 듯이 기뻐하실 것이네.”

남궁세준은 완전히 걱정을 떨친 모습과 함께 흥분을 감추지 못했다.

아버님의 성취는 곧 자신의 성취이다.

언젠가 아버님이 십이성의 성취를 이룬 후 사존의 서열을 뛰어넘고 그 성취를 자신에게 그대로 전해주면 자신 역시 그만한 고수가 될 수 있을 것이다. 물론 그렇게 하는 데는 엄청난 노력과 위험이 따르겠지만 무가의 자손인 이상 그런 것은 숙명이나 마찬가지다.

“고맙네, 정말 고맙네!”

남궁세준이 유진룡의 손을 덥석 잡았다.

“비로소 빚을 갚은 것 같아 마음이 홀가분하군.”

유진룡은 편안한 웃음을 지었다.

남궁한에게 우주무한의 심법을 넘겨주었지만 그것을 남궁한이 제대로 익히지 못하는 이상 완전히 빚을 갚은 것은 아니었다.

“대체 무슨 말인가? 우주무한은 뭐고, 빚은 또 뭔가?”

남궁찬이 더 이상 견딜 수 없다는 표정으로 궁금증을 토로했다. 남궁세희 역시 바짝 다가앉았다.

“그건……..”

남궁세준의 얼굴에 곤혹한 빛이 떠올랐다.

그 사정을 다 설명하려면 족히 반 시진은 걸릴 것이다. 그리고 당장 어디서부터 설명해 나갈지도 떠오르지 않았고 부친의 상세를 세심히 살펴야 하기 때문에 그럴 여력도 없었다.

“그건 차차 말씀드리겠습니다.”

남궁세준이 남궁찬의 양해를 구했지만 남궁찬은 궁금증을 감추지 못했다.

그때 석상처럼 삼매에 빠져 있던 남궁한이 긴 한숨을 내쉬며 눈을 떴다.

“아버님!”

남궁세준이 급히 남궁한의 앞으로 다가갔다.

"괜찮으십니까, 아버님?"

남궁세준이 부친의 전신을 빠르게 훑으며 물었다.

"기이하군! 정말 기이한 체험이었어."

남궁한이 자신의 내면 깊숙한 곳을 쳐다보는 듯한 눈빛으로 중얼거렸다.

"괜찮으십니까, 형님?"

이번에는 남궁찬이 물었다.

"그래! 그런 것이었군. 그래서 그렇게 되는군! 그러면 그렇게도 되겠군. 그러면 또 그렇게 되겠고……."

남궁한은 오랜 시간 동안 화두를 물고 늘어지다가 어느 순간 돈오(頓悟)에 이른 고승처럼 중얼거렸다. 그동안 철벽처럼 굳건했던 의식이 경계를 무너뜨리고 있었다. 그로 인해 그의 무공 역시 한 겹의 껍질을 벗고 있는 것이다.

"아버……."

남궁세준이 다시 질문을 던지려다 입을 다물었다.

한 단계 더 높은 오의를 깨닫는 이 순간은 절정에 이른 무인에게 있어서 그 무엇과도 바꿀 수 없는 순간이다. 의식의 무한한 공간 속을 충분히 부유하고 스스로 침잠할 때까지 방해하지 말아야 한다.

남궁세준과 유진룡은 한참 동안 숨소리마저 죽인 채 기다렸다.

"됐어, 성공이야!"

어느 순간 남궁한이 탄성처럼 토해냈다. 그리고는 벌떡 몸을 일으켰다.

"성취를 축하드립니다, 아버님!"

남궁세준이 환한 표정으로 고개를 숙였다.

"형님! 정말 다행입니다."

남궁찬도 환한 표정으로 웃었고, 남궁세희는 눈물을 흘리며 부친의 품으로 뛰어들었다.

"고맙네!"

잠시 후 남궁한은 유진룡을 향해 고개를 끄덕였다.

"다행입니다."

유진룡도 마주 고개를 끄덕였다.

"이젠 좀 쉬어야겠네."

남궁한은 유진룡 일행이 정도맹을 탈출할 때 도와주었던 그때처럼 군더더기없이 말하고는 등을 돌렸다.

쉬겠다는 말과 달리 남궁한은 자신의 숙소에 틀어박혀 오늘의 성취에 미친 듯이 매달릴 것이다.

"남궁 대협!"

유진룡이 남궁한을 불렀다.

남궁한이 천천히 돌아섰다.

유진룡은 마웅탁이 남궁가에 전해주라던 책자를 품속에서 꺼냈다.

"시간이 나시면… 이것을 한번 읽어보십시오."

“뭔가… 이게?”

남궁한이 진한 의구심이 어린 눈으로 유진룡과 책자를 번갈아 쳐다보았다.

“글쎄요… 그냥 보시면 아시게 될 겁니다.”

유진룡도 그게 무언지 몰랐기에 그렇게 얼버무렸다.

“알겠네.”

서책을 받아 든 남궁한은 고개를 끄덕인 후 실내를 벗어났다.

“정말 고마워요, 공자님!”

남궁한이 나가고 난 후 남궁세희가 유진룡을 향해 깊이 고개를 숙였다.

“고맙네.”

남궁세준도 다시 유진룡의 어깨를 억세게 끌어안았다.

“이것이었나? 형님께서 이곳으로 오기 위해 그렇게 서두르던 이유가?”

남궁찬이 공력을 거의 잃고도 회열 가득한 얼굴로 처소를 향하던 남궁한의 모습을 떠올리며 뭔가 짚이는 듯 물었다.

“그렇… 습니다. 아버님께서는 그동안 성취의 장벽에 막혀 그것을 무너뜨리기 위해 온갖 방법을 강구하다 이 친구에게서 그 실마리를 찾았습니다. 그래서……”

“그래서 오빠가 정주 인근에서부터 그렇게 유 공자님을 따라다닌 것이란 말이지? 덕분에 난 영문도 모르고 고생을 했고?”

남궁세희가 이제 모두 알겠다는 표정으로 말했다.

“형님도 참! 그런 고민이 있으면 같이 의논을 할 것이지……..”

남궁찬이 서운한 표정을 했다.

“죄송합니다, 숙부님. 아버님이나 저 역시 확신을 할 수가 없는 일이라…….”

남궁세준이 고개를 숙였다.

“하긴! 천하의 남궁가주가 무공 증진을 위해 새파란 청년의 꽁무니를 따라다닌다는 것은 누가 들어도 믿지 못할 일이지. 충분히 이해가 가네. 하지만 끝내 성공을 했으니 가문의 영광일세, 하하하!”

남궁찬이 통쾌하게 웃었다. 그리고는 유진룡을 쳐다보았다.

“자넨 우리 형뿐만 아니라 우리 가문의 은인일세. 은혜는 잊지 않음세.”

남궁찬이 유진룡의 어깨를 두드렸다.

“전 빚을 갚았을 뿐입니다. 이 친구에게 먼저 목숨을 빚졌으니까요.”

“자네 목숨만이 아니었지. 자네 정인의 목숨도 구했지. 그리고…….”

남궁세준이 의미심장한 미소를 지었다.

"자네 정인을 자네 품에 안겨주기도 했지 않았나? 그때 장면을 지금 생각해도 아찔하다네."

남궁세준의 미소가 더욱 짙어졌다.

"무슨 말이야, 오빠?"

남궁세희가 눈살을 찌푸리며 물었다.

"아, 아니야. 그냥 이 친구가 아직 빚을 다 못 갚았다는 얘기를 하는 중이었어."

남궁세준이 손사래를 치며 얼굴 가득한 미소를 지었다.

"농담은 그만하고… 할 일이 있네."

유진룡이 정색을 하며 말하자 남궁세준의 표정이 약간 굳어졌다.

"할 일이라니? 그게 무언가?"

남궁찬도 가라앉은 음성으로 물었다.

유진룡은 잠시 생각에 잠겼다.

마응탁이 마지막에 휘갈겨 쓴 글의 내용 속에 은자유림곡에도 세작이 숨어들어 세가들과 연합하려는 은자유림곡과 마응탁의 계획이 드러날 가망성이 있다고 했다. 만일의 사태에 대비해 연막을 피워놓아 쉽게 알 수 없을 테니 걱정 말리고 했는데, 도천극의 오른팔인 육성 중 한 명이 남궁한을 공격했다는 것은 심상치 않았다.

마응탁의 예상과는 달리 도천극이 그 사실을 알아채고 남궁가주를 공격했을지도 모른다는 생각이 뇌리로 무겁게 내려앉았다.

'그렇다면 제갈세가는……?'

남궁가주를 공격했으니 마웅탁이 향하고 있는 제갈세가에도 도천극의 마수가 뻗칠지 모를 일이다.

유진룡은 마음이 급해졌다.

"놈들이 건재하니 앞으로 또 어떻게 나올지 대비를 해야 하네."

유진룡이 가라앉은 음성으로 말하자 남궁세준이 입맛을 다시며 고개를 끄덕였다. 부친이 그동안 그렇게 고심했던 성취의 장벽을 무너뜨렸다는 데 마음이 들떠 내상을 당해 공력을 거의 잃어버렸다는 사실을 간과하고 있었던 것이다.

"맞는 말일세. 놈들은 필사적으로 형님을 처치하려고 했네. 진국동이 형님과 대결을 벌이다 같이 내상을 입어 물러났지만 내상을 치료하면 다시 나타날지도 모르네."

남궁찬이 걱정스런 표정으로 말했다.

"하지만 당분간은 나타나지 못할 것 아니겠습니까? 그놈도 내상이 만만치 않을 테니."

남궁세준이 입술을 씹으며 말했다.

"꼭 그렇게만 볼 수는 없어. 그놈은 뭔가 달랐어."

남궁찬이 고개를 무겁게 흔들었다.

"다르다니… 뭐가 말씀입니까, 숙부님?"

"육성의 인물이면서도 사존의 위치에 있는 형님과 대등한

대결을 펼쳤다는 것도 그렇고……. 최근 뭔가 큰 성취가 있은
것 같았네. 그게 완전하지 않아 같이 내상을 입은 것 같기는
했지만 오히려 형님보다 내상이 가벼웠을 것이란 느낌이 들
어."

"그럴… 리가요?"

남궁세준이 목소리를 높이며 이마를 찌푸렸다. 육성의 인
물이 사존의 서열에 있는 아버지를 능가한다는 사실을 좀체
인정할 수가 없었던 것이다.

"아니야. 지금 생각해 보니까 그것이 맞아. 놈은 뭔가 새로
운 성취를 이룬 것이 분명해. 그러니 형님을 보고도 도망가지
않고 수하들조차 물린 채 일대일 대결을 벌인 것이야. 인정하
고 싶지 않지만 그것이 분명해. 놈은 사존의 무위를 능가하고
있어."

남궁찬이 침음성을 흘리며 말했다.

"놈들이 어느 방향으로 간 것 같습니까?"

유진룡이 신중한 표정으로 물었다.

"왜 그러나? 추적이라도 할 생각인가?"

남궁찬이 눈을 크게 떴다.

"그놈들이 전력을 정비하기 전에 우리가 먼저 치면 어떨까
하는 생각을 해보았습니다."

유진룡은 신중하게 말했다.

육성의 인물이 사존을 능가할 만한 성취를 이루었다면 그

건 분명 도천극에 의해서 가능했을 것이다. 도천극의 정체를 몰랐을 때라면 모르겠지만 그놈의 뿌리를 안 이상 충분히 그럴 능력이 있다는 것을 알았다.

그 위력을 한번 맞닥뜨려 보고도 싶었고, 또 그를 통해 그들이 마웅탁과 은자유림곡의 계획을 얼마나 알고 있는지 캐내고 싶었다. 만약 그들이 제갈세가까지 알고 있다면 한발 앞서 조치를 취해야 할 것이다.

"경황 중이라 그놈들이 어디로 갔는지 그건 생각이 나지 않네. 설사 생각난다고 하더라도 그곳에 자리 잡고 있을 것이라는 보장도 없고……."

남궁찬이 고개를 저었다.

"그렇겠군요."

유진룡이 무겁게 고개를 끄덕였다.

"하지만 자네 배짱 하나는 알아주어야겠네. 그놈들을 선공으로 칠 생각을 하다니."

남궁찬은 감탄스런 눈으로 유진룡을 쳐다보았다.

"그만한 능력이 있다면 그런 생각도 무리가 아니겠지요."

남궁세준이 의미심장한 눈으로 유진룡을 쳐다보았다.

뭔가 달랐다.

처음 정주로 가는 길목의 어느 객점에서 의도적으로 부딪쳤을 때도 막강했지만 지금은 그때와는 또 달랐다. 그때의 무거운 느낌은 사라지고 오히려 평범해 보이지만 그 속에는 대해같이 깊은 기운이 자리 잡고 있었다.

그 깊은 곳에 숨어 있는 기운이 한꺼번에 터져 나온다면 어떤 무거운 바위산이라도 휩쓸어 버릴 것 같았다.

'볼 때마다 정체가 의심스러워지는군.'

남궁세준은 고개를 절레절레 흔들었다.

"한 가지 부탁이 있네."

한참 생각에 잠겼던 유진룡이 남궁세준을 향해 조심스럽게 말했다.

第百二章
추적(追跡)

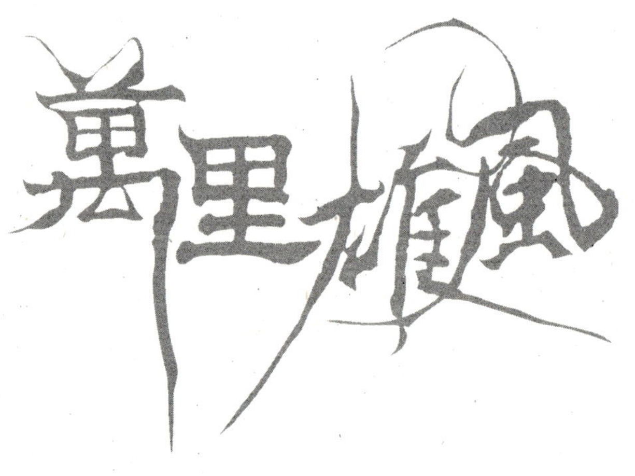
萬里雄風

남궁가주님께 드립니다.

소생의 정체를 밝히지도 않고 불쑥 본론부터 끄집어내는 걸
례를 용서하소서.

지금쯤 남궁가주께서는 우연이든 필연이든—필연 역시 우연을
가장 했을 가망이 높지만—우주무한이라는 십법을 손에 넣고 그것
을 익히고자 불철주야 매진하고 있든지, 아니면 이미 그것을 익
히고 계시리라 사료되옵니다.

"허!"

자신의 처소에서 유진룡이 준 책자의 첫 장을 읽던 남궁한

은 자신도 모르게 헛바람을 내쉬었다.

첫 구절에서 밝힌 대로 불손할 정도로 거두절미하고 본론부터 꺼낸 글이었다. 그런데 몇 줄 읽기도 전에 이건 뭔가 하고 머리끝이 쭈뼛 서면서 호흡마저 가빠져 왔다.

남궁한은 빨려들 듯이 서찰 위로 시선을 고정했다.

우주무한은 중원무가의 심법 중에서 남궁세가의 심법과 일맥상통하는 부분이 제일 많기에 그것이 남궁가주님의 손으로 흘러들어 간 것은 어쩌면 필연에 더 가까울지도 모를 일입니다. 그 필연적 흐름에 우리가 몇 바가지 물을 더 부어 그 흐름을 조금 더 확실하게 해주었다고 생각하십시오.

우리의 정체를 밝힐 수 없음을 거듭 사죄드리며 계속 제 뜻만 펼치겠습니다. 우주무한은 우리 가문 사람들의 몸에 펼쳐진 천형을 떨치고자 누대에 걸쳐 연구를 하고 또 연구를 한 산물이라 할 수 있습니다. 그 노력이 처절하였기에 이제는 어느 정도 결실을 맺었고, 그 결실의 열매를 우리뿐만 아니라 남궁가와도 나눌 수 있게 됨을 한없이 기쁘게 생각합니다. 남궁가주께서도 느꼈듯이 우주무한의 심법은 무공을 토대로 연구한 것이기에 우리 가문 사람들의 천형을 풀어내는 열쇠가 될 수도 있는 동시에, 남궁세가의 무공을 더 날카롭고 무겁게 하는 데 큰 힘을 발휘할 수 있는 심법이라 자부합니다. 하지만 그것은 일반 무인들을 위한 심법이 아니고 천형의 체질을 타고난 우리 가문 사람들을 위한 것인지라 그것을 익히기 위해서는 우리 가문 사람들의 몸과 비슷한, 폐인에 가까운 상태가 되어야 가능하다는 큰 폐단이 있습니다. 지금 남궁가주께서 그걸 익히셨다면 가주의 몸은 그런 상태가 아닐까 짐작합니다.

"대체……."

남궁한은 이젠 고개까지 절레절레 흔들며 멍하니 허공을 쳐다보았다.

자신이 성취의 벽에 가로막혀 온갖 모색을 다하다가 우연히 한 가지 심법을 알게 되었다.

그것이 기막힌 우연인 줄 알았는데 우연을 가장한 필연이었다는 말이었다.

"대체 이들의 정체는……?"

남궁한은 서찰의 주인을 찾기라도 할 듯 창밖의 먼 곳을 향해 이리저리 시선을 돌렸다가 다시 서찰을 향했다.

다행히 우리 가문의 현자들은 그런 폐단을 건너뛰면서도 비슷한 능력을 발휘하는 심법을 찾았습니다.

남궁한의 얼굴이 와락 찌푸려지며 허탈한 기운이 가득 떠올랐다. 이 서찰을 몇 달만 빨리 손에 넣었으면 자신이 몸이 지금 같은 허깨비 상태가 되지 않고도 익혔을 것이 아닌가?

그것이 너무 억울했다.

혹시라도 남궁가주께서 온몸이 허깨비같이 된 상태에서 우주무한을 익혔다면 너무 억울해하실 필요가 없다고 생각합니다. 입에 쓴 약이 몸에 좋듯이 그런 처절한 노력 끝에 익힌 우주무한의 심법은 그 폐단을 뛰어넘고 익힌 유사한 심법과는 달리 진정한 오의를 터득할 수 있으니까요. 그래서 세상은 어느 정도 공평한가 봅니다.

남궁한은 이제 헛바람마저 내쉬지 못하고 얼른 고개를 뒤로 돌렸다. 서찰의 주인이 마치 뒤에 앉아서 자신을 빤히 쳐다보고 있는 듯한 느낌을 받았기 때문이다.

우리가 우연을 가장하며 남궁가에 접근했고, 무례를 무릅쓰며 이 서찰을 가주님께 드리는 목적을 지금부터 말씀드리겠습니다. 가주께서 저희 가문의 노력으로 조금이나마 이득을 보셨다면 제 부탁을 한 가지만 들어주십사 간곡히 읍소드립니다. 이 책자 뒷부분에는 우리가 개발한 심법으로 익힐 수 있는 속성 무공이 한 가지 들어 있습니다. 무인이 아닌 몸으로 그것을 만들었기에 많은 허점도 있겠지만 남궁가주님의 능력과 남궁세가의 역량을 모은다면 그것은 쉽게 극복되리라 생각합니다. 그것을 완성시켜 온 무림에 보급하여 주십시오. 그것은 혹사련주 도천극의 무공에는 상극이라 할 수 있습니다. 무림이 그것으로 무장하면 다른 사람들에게는 큰 힘을 발휘하지 못하더라도 도천극의 주구들을 퇴치하는 데는 큰 효력을 볼 수 있으리라 생각합니다. 그것은 그렇게 창안된 무공이니까요.

무례한 글을 끝까지 읽어주신 가주님께 심심한 사의를 표하며 가주님의 공력을 되찾는 데 미력하나마 도움이 될 수 있는 운기법 한 가지를 더 뒷장에 적어드립니다. 그것은 우주무한을 익히고자 쓰디쓴 약을 마신 사람에게 가능한 진정한 오의가 담긴 것입니다. 부디 빠른 시일 안에 쾌차하셔서 대성을 이루시고 도천극의 마수를 막아주십시오. 아울러 염치없지만 제 혈육보다 더 가까운 사람인 유진룡 공자를 부탁드립니다.

서찰은 그렇게 끝났고, 그 서찰을 읽은 남궁한은 벼락치듯 뒷장을 넘겼다.

그곳에는 서찰 주인의 말대로 한 가지 심법이 적혀 있었다.

남궁한은 사막에서 길을 잃고 헤매다 며칠 만에 처음으로 물을 마시는 사람처럼 허겁지겁 구절을 읽어나갔다. 그것을 읽는 남궁한의 얼굴에는 대각견성에 이른 고승 같은 환희의 기운이 넘쳐 났다.

"이런… 일이!"

한줄기 감탄사를 터뜨린 남궁한은 자신도 모르게 눈을 감고 입정삼매에 빠져들었다.

*   *   *

정도맹 소주 지부는 무거운 기운이 내려앉아 있었다.

그건 남궁가주 남궁한이 당한 뜻밖의 변고 때문이었다.

소주 지부는 그 중요성에 비해 인원 구성이나 전력 면에 있어서 다른 지부보다 약간 약세라고 볼 수 있었다. 그것은 차후에 가세하는 남궁 부자와 남궁가의 무사 백여 명을 염두에 두고 있었기 때문이다.

예상 밖으로 소주 지부행을 택한 남궁가주와 소가주, 그리고 세가의 무사 일백 명이 가세하면 소주 지부는 그 어떤 지부보다 견고해질 터였다.

그런데 남궁한이 천만뜻밖에도 육성의 일인인 은영무객 진국동의 기습을 받아 주화입마에 빠질 만큼 심한 내상을 입고 드러누웠으니 이만저만 걱정이 아닐 수 없었다.

비록 은영무객 진국동도 남궁가주와의 대결에서 양패구상의 내상을 입었다고 하지만 그와 같이 있던 다른 사내들이 건재하고 그들의 무위 역시 절정의 고수라면 절대로 간과할 수 없었다. 그들이 중도에서 남궁한을 막은 것은 소주 지부가 견고해지는 것을 바라지 않는다는 말이고, 그 목적을 어느 정도 달성했으니 다음 단계로 소주 지부를 말살시킬 계획을 진행

시킬지도 몰랐다.

"정도맹 총단에 급전을 띄워야겠소."

긴급 회의를 개최한 자리에서 소주 지부장 한천검(寒天劍) 백유상(白柳相)이 무거운 어조로 말했다.

"그건 너무 늦습니다. 아무리 빠른 전서구를 날리고 지원을 받는다 하더라도 한 달은 걸립니다. 그런데 우리는 하루가 급하지 않습니까?"

부지부장 서인벽(徐仁碧)이 난감한 얼굴로 말을 받았다.

"그렇긴 한데……."

백유상의 표정이 더욱 어두워졌다.

"인근에 있는 모든 무가들에게 추가 지원을 요청하도록 합시다. 우선 정도맹의 명으로 하고 차후에 재가를 받으면 되지 않겠습니까?"

술에 취한 것처럼 불쾌한 얼굴색의 중년인인 고건중(高建衆)이 의견을 개진했다.

그의 등에는 이화쌍창(梨花雙槍)이란 그의 별호처럼 두 자루의 단창이 꽂혀 있었는데, 단창 두 자루로 창술을 펼치면 마치 배꽃이 난무하는 듯 기운이 일어 얻은 별호였다.

"좋은 의견이오. 우선은 그렇게 해서라도 전력을 키워야 합니다."

몇 명의 중년인이 고개를 끄덕였다.

"소향상회에 와 있다는 추풍신검에게도 도움을 청하는 것이 어떻습니까?"

청의 무복을 깨끗이 차려입은 중년인이 조심스럽게 말했
다.

"그것도 좋은 의견이오. 비록 사존의 위치에 있는 남궁가
주에게는 못 미치더라도 칠웅의 일인이니 큰 도움이 될 것입
니다."

부지부장 서인벽의 얼굴이 밝아졌다. 그를 따라 다른 사람
들의 표정도 밝아졌다.

"등잔 밑이 어둡다는 말이 이런 때 사용되는 말이군요."

꾀죄죄한 몰골의 중년인 하나가 풀썩 웃으며 말했다. 그는
한눈에 보아도 개방도임을 알 수 있었다.

"무슨 말이오, 흑수개(黑手丐)?"

지부장 백유상이 얼굴을 찌푸렸다.

"집 밖에 있는 추풍신검은 부를 생각을 하면서 집 안에 있
는 백호투왕은 붙들 생각을 못하고 있으니 하는 말입니다. 쯧
쯧!"

흑수개란 중년인이 혀를 길게 찼다.

"백호투왕?"

"백호투왕이라면… 최근 정도맹을 휘저어놓았다는……."

"그게 헛소문이 아니었소?"

모두들 긴가민가하는 얼굴로 흑수개를 쳐다보았다.

"체면에 관계된 문제라 정도맹에서 의도적으로 소문을 막

고 변질시켜 제대로 알려지지 않았지만 알 만한 사람들은 다 아는 일이오.”

흑수개는 쓴 입맛을 다시며 말했다.

“그런데 그가 집 안에 있다는 말은 또 무엇이오?”

이화쌍창 고건중이 득달같이 물었다.

남궁한이 내상을 입고 남궁가의 무사들이 유진룡을 데려 온 것은 남궁세준이 개인적으로는 은밀하게 행한 일이었기에 소주 지부 수뇌부들도 제대로 알지 못하고 있었던 것이다.

“그는 지금 남궁세가 사람들과 같이 있소. 개인적으로 남궁 소가주를 만나러 온 것이라 우리에게는 알리지도 않았지만 확실하오. 그러니 추풍신검을 부르기 전에 그 청년부터 붙잡으시오. 소문에 의하면, 추풍신검보다 오히려 더 강하다고 알려져 있소. 추풍신검까지 가세하여 그들 두 명의 고수라면 남궁가주의 공백을 충분히 메울 수 있을 것이오.”

흑수개는 반짝이는 눈으로 여러 사람들을 쳐다보았다.

“흑수개의 말이 사실이라면…….”

“사실이오. 정도맹 철기전주가… 쩝!”

흑수개는 그 사실까지 밝혀야 하나 잠시 갈등했다. 이직까지는 소문이 암암리에 조금씩 퍼져 나가고 있지만 손바닥으로 하늘을 가릴 수는 없듯이 곧 소문이 모두 퍼질 일이었다.

“정도맹의 철기전주가 그 청년에게 꺾였다고 했소.”

“철기전주라면… 회풍참마검 풍사양 대협 말이오?”

"그럴 리가?"

"그것도 헛소문이 아니었단 말이오?"

"불행인지 다행인지 사실이오."

흑수개가 고개를 끄덕였다.

"그렇다면 그 두 사람의 도움을 받는 것이 우선이구료. 흑수개 말대로 그들 두 명이라면 남궁가주 못지않을 터이니……."

모두의 의견이 그렇게 모아지고 있었다.

그러나 그들이 유진룡과 남궁가의 사람들이 있는 곳으로 달려갔을 때는 닭 쫓던 개 지붕만 쳐다보는 꼴이 되고 말았다.

유진룡과 남궁세준 남매, 그리고 남궁한은 몇 명의 남궁가 무사들을 이끌고 급히 소주 지부를 빠져나간 후였다.

"대체 어디로 갔다는 말이오?"

부지부장 서인벽이 목소리를 높이며 물었다.

"모르겠습니다. 우리에게도 말하지 않고 급히 밖으로 나갔습니다."

무사 한 사람이 걱정스런 표정으로 답했다. 그도 갑작스런 그들의 행보가 우려스러운 모양이었다.

*　　　*　　　*

"정말 이래야 하나?"

한참 동안 경공을 펼치다 잠시 멈춘 자리에서 남궁세준이 잔뜩 긴장한 표정으로 물었다.

"추적술을 펼치는 무사들만 남겨두고 자넨 그만 부친에게로 돌아가게."

유진룡이 완강한 어조로 말했다.

"그게 말이나 되나? 아무리 우리가 힘이 모자란다고는 하나 자네 혼자 어떻게 그곳에 보낸단 말인가? 너무 무모하네."

옆에 있던 남궁찬이 목소리를 높였다.

주화입마에 들려는 남궁한에게 오히려 우주무한의 심법을 성취하게 한 후 유진룡은 남궁세준에게 남궁가의 무사들 중 추적술에 일가견이 있는 사람들을 부탁해 그들을 대동하고 은영무객 진국동의 행방을 쫓으려 했다.

남궁세준은 어이가 없었다.

자신을 순식간에 제압하고 부친마저 내상을 입힌 그들이었다.

그런 그들을 유진룡 혼자서 추적하겠다고 하니 기가 막혀 극구 말렸다. 그러나 유진룡은 뜻을 꺾지 않았고, 결국 이렇게 따라온 것이다.

"진국동이 내상을 입은 지금이 기회입니다. 그가 내상을 모두 다스리고 나면 다시 나타날 겁니다. 그땐 더 힘들어집니다."

유진룡은 침착한 어조로 말했다.

육성은 밀영의 우두머리들이다.

그런 육성의 일인이 여기에 나타났다면 조만간 밀영의 한 개 조직이 같이 나타날 것이다. 또한 은영무객 진국동이 남궁가주를 습격했다면 마웅탁의 우려대로 은자유림곡과 남궁가의 관계를 눈치챈 놈들이 남궁가주가 소주 지부로 입성하기 전에 습격한 것이라고 볼 수 있다.

다행이라면 그들이 밀영의 모든 무리들을 끌고 오지 못한 것이다. 그래서 남궁가주는 목숨을 구했다. 하지만 그들이 모두 모이는 것은 시간문제일 것이다. 그러면 남궁가주가 힘을 쓸 수 없는 상태에서 훨씬 더 어려워진다.

만약 그들에 의해 소주 지부가 무너지면 소향상회에게로 직접적인 위험이 닥칠 것이다. 그러기 전에 뱀의 머리를 치듯 은영무객을 잡아 그들의 의도를 무산시켜 버리려는 것이 유진룡의 생각이었다. 또한 그들을 통해 도천극이 은자유림곡에 대해서 얼마나 알고 있는지, 제갈세가에는 어떤 마수를 드리우고 있는지도 알고 싶었다.

"다시 움직여 봅시다."

마음이 급해진 유진룡이 몸을 일으켰다.

"너무 서두르는 것 아닌가?"

그들의 무서움을 가장 뼈저리게 느낀 남궁세준이 여전히 내키지 않는 기색으로 말했다.

"기회를 놓치면 그다음은 곧장 위기에 몰리게 돼."

유진룡은 단호하게 말한 후 남궁가 무사들에게 눈짓을 했다.

"이쪽입니다."

최대한의 공력을 돋우어 진국동 일행의 흔적을 찾은 남궁가의 무사가 방향을 지시했다.

휘익—

유진룡은 지체하지 않고 경공을 펼쳤다.

거구의 신형이 빨려들 듯이 새벽의 미명 속으로 사라졌다.

"우리도 어서 가자. 이러다 놓치겠다."

남궁찬도 얼른 신형을 날렸다.

"스스로 지옥으로 들어가는 기분이야!"

남궁세희도 혼잣소리처럼 중얼거린 후 몸을 날렸다.

"후욱!"

은영무객 진국동은 길게 심호흡을 했다. 그리고는 천천히 눈을 떴다.

번쩍!

진국동의 눈에서 쇠라도 녹일 듯한 안광이 발출했다.

"괜찮으십니까, 일영주님?"

옆에서 호법을 서고 있던 한 사내가 걱정스런 표정으로 다가왔다.

"칠 할은 회복되었네. 나머지는 시간문제일세."

진국동은 한 번 더 심호흡을 하며 진기를 일주천시켰다.

"역시 명불허전이군!"

진국동은 혼잣소리처럼 중얼거렸다.

도천극이 준 이름 모를 신공으로 무공이 예전보다 훨씬 더 성취를 이룬 것뿐만 아니라 내력 역시 그랬다. 속성 무공을 익힌 것처럼 회복도 빨랐다.

그 정도면 도천극이 잡으라고 한 사존의 일인인 남궁한이라도 충분히 상대할 자신이 있었다. 그러나 공교롭게도 남궁한은 소주 지부로 향하며 가문의 무사들과 항상 같이 움직였다.

결국은 계책을 쓴 것인데, 반은 성공하고 반은 실패했다.

제거하기로 마음먹은 남궁한을 완벽히 제거하지 못했으니 반은 실패한 것이고, 반면 자신의 무위가 남궁한을 넘어선다는 확신을 가졌고 자신보다는 훨씬 더 중한 내상을 남궁한에게 입혔으니 반은 성공한 것이다. 모르긴 해도 남궁한은 앞으로 일 년은 더 고생을 해야 예전의 무위를 회복할 것이다. 대결을 벌인 당사자이기에 그건 불을 보듯 명확히 알 수 있었다.

"이걸 드십시오."

사내가 따끈한 차 한 잔을 가져왔다. 찻잔에서는 연신 김이 피어오르고 있었다.

"불을 피웠나?"

진국동이 눈살을 찌푸리며 물었다.

"그렇습니다."

사내가 약간 움츠리는 기색으로 답했다.

"놈들이 추적할 수도 있지 않은가?"

진국동은 책망기가 묻어나는 음성으로 말했다.

"그럴 놈들 같았으며 그때 바로 추적을 했겠지요. 아마도 지금쯤 사경을 헤매는 가주를 돌보느라 정신이 없을 겁니다."

사내가 흰 이를 드러내며 웃었다.

"너무 성급했어! 부하들을 더 데리고 왔으면 완전히 죽일 수 있었는데… 쯧!"

진국동이 자책과 함께 혀를 찼다.

"그렇게 했으면 이동이 느려 따라잡지 못하고 놓쳤을 겁니다. 소주 지부로 입성해 버리고 나면 아예 힘들었을 것이고… 그것이 최선이었습니다."

사내의 목소리는 여전히 밝았다. 그는 은영무객 진국동이 사존의 일인인 무극신검 남궁한을 능가했다는 것이 고무적인 모양이었다.

"그래도 불씨를 남겨놓은 것이 마음에 걸려. 련주로부터는 잡아서 심문을 하거나, 그게 불가능하면 완전히 제거하라는 명령을 받았는데……"

진국동은 다시 한 번 혀를 찼다. 그러나 그의 목소리는 그 내용과 다르게 상기되어 있었다. 그 역시 자신의 무위가 남궁한을 능가했다는 사실에 내심 크게 흥분하고 있는 것이다.

"하지만 거의 성공한 것이나 마찬가지입니다. 제가 보아도 남궁한의 내상은 절대로 가볍지 않았습니다. 당분간은 거동도 힘들 겁니다. 그동안 부하들을 모두 모으고 다시 습격을 하면 완전히 끝낼 수 있습니다."

사내가 확신에 찬 목소리로 말했다.

"하긴 그렇군. 남궁한이 없는 소주 지부는 사상누각이지."

진국동이 고개를 끄덕였다.

"그럼 부하들이 모두 도착할 때까지 은거하며 지낼 거처를 마련하도록 하겠습니다."

다른 부하 하나가 빠르게 말하며 주변의 흔적을 지우기 시작했다.

"너무 늦은 것 같지 않소?"

갑자기 바위 뒤에서 들리는 소리에 주변을 정리하던 사내가 반사적으로 검을 뽑아 섬전처럼 휘둘렀다.

퍼엉ㅡ

바위에 검풍이 작렬하며 돌가루가 튀어 올랐다.

"왜 괜한 바위를 두드리시오?"

이번에는 정반대쪽에서 목소리가 들려왔다.

바위에 검풍을 날린 사내, 소엽검(掃葉劍) 위징(慰徵)은 벼락을 맞은 듯 등을 돌리고는 불신 가득한 눈으로 유령처럼 서 있는 거구의 사내를 쳐다보았다.

자신들의 이목을 속이고 여기까지 나타난 것만 해도 놀랄 일인데, 분명 바위 뒤에서 들려온 목소리가 검 한 번 휘두르는 사이에 정반대편에서 들린다는 것은 모골을 송연하게 하는 일이었다.

상대는 목적한 곳에서 음성을 들리게 하는 전음술의 대가이거나, 아니면 기쾌한 신법을 구사하는 자란 말이었다.

그 어느 것도 절대로 달갑지 않았다. 무공은 하수이면서 전음과 신법만 절정인 사람은 있을 수 없기 때문이다.

"웬 놈이냐!"

위징이 거구의 사내를 향해 소리를 질렀다.

"그보다… 당신이 은영무객 진국동이오?"

유진룡은 위징에게서 시선을 돌려 진국동을 쳐다보며 질문했다.

"건방진!"

위징이 볼살을 부르르 떨며 유진룡을 노려보았다.

거구의 체격에 잠시 위축되었지만 서서히 밝아오는 미명 속에 드러난 사내의 모습은 뜻밖에도 이십대 초반이었다. 그것이 놀라움과 함께 큰 분노를 몰고 왔다.

위징은 쳐들었던 검을 그대로 내리 그으려다 흠칫 신형을 굳혔다.

저 뒤쪽에서 여러 명의 인영이 몸을 날려오고 있었다.

위징은 눈살을 찌푸렸다.

부하들은 아무리 짧게 잡아도 이틀은 떨어져 있으니 저들은 적이 분명했다. 날려오는 경공을 보아서는 큰 경각심은 느껴지지 않았지만 호법을 서느라 이틀 밤을 지새운 차에 귀찮은 놈들과 마주쳐 다시 칼부림을 할 생각을 하니 와락 짜증이 밀려들었다.

"불나방 같은 놈들!"

몸을 날려 오는 놈들이 남궁가의 사람들임을 안 위징은 어이없다는 표정을 지었다.

어제저녁에는 일백여 명이 모두 덤벼들었음에도 자신들을 잡지 못하고 가주만 구해 서둘러 사라졌던 놈들이다. 그런데 지금은 그 반도 안 되는 인원으로 추격을 해오고 있었던 것이다. 또한 그들 중에 남궁가주의 모습은 보이지 않았다.

"저놈들부터 쓸어버려야겠군."

위징 옆에 선 사내 고적염(高適染)이 비릿한 미소를 흘리며 발끝에 힘을 주었다.

그 순간 유진룡이 손을 들어 올렸다.

퍼엉—

유진룡의 손바닥에서 폭음이 터지며 강맹한 장력 한줄기가 고적염의 전신을 덮칠 듯 뻗어나갔다.

"엇!"

갑작스런 사태에 고적염이 경호성을 터뜨리며 반사적으로

검을 휘둘렀다.

우우웅!

그의 검에서 푸르스름한 기운 한줄기가 먼저 뻗어 나오며 유진룡이 뿌린 장력에 부딪쳐 갔다.

콰앙—

장력과 검기가 부딪치며 뇌화탄이 터지는 것 같은 폭음이 흘러나왔다.

"망할!"

파리를 쫓듯 가볍게 터뜨린 장력이었지만 그것이 만년한철이나 된 듯 무겁다는 것을 느낀 고적염이 검을 고쳐 쥐고는 야차처럼 유진룡을 향해 휘둘러 갔다.

유진룡은 슬쩍 뒤로 신형을 빼냈다.

이번에도 여전히 단순한 동작이었다. 그런데 유진룡의 신형은 순식간에 이 장가량을 물러났고 고적염의 검은 애꿎은 허공만 갈랐다.

고적염은 눈을 크게 떴다.

개방의 독문신법인 취팔선보 같기도 했고, 이형환위의 수법 같기도 했다.

처음 나탔을 때 동시에 두 곳에서 목소리가 들리던 것은 결코 속임수가 아니었다. 이런 가공할 신법으로 신속히 몸을 움직인 때문이었다.

이를 악문 고적염이 불끈 내력을 끌어올려 발끝으로 모

왔다.

"엇!"

고적염은 다시 경호성을 터뜨렸다.

귀신처럼 뒤로 물러났던 유진룡의 신형이 순식간에 커다 랗게 확대되어 왔기 때문이다.

고적염은 필생의 공력을 퍼부으며 일도단악의 수법으로 유진룡의 허리를 향해 검을 휘둘렀다.

파츠츠츠—

불꽃이 튀는 듯한 소음이 일며 고적염의 검에서 아까보다 더 강한 검기가 뻗어 나왔다. 그 검기에 걸리면 강철 기둥이 라도 싹둑 잘릴 것 같았다.

그런데…….

강철 기둥도 아닌 인육으로 된 손 하나가 고적염의 검을 향 해 곧장 부딪쳐 왔다.

'미친?'

경황 중에도 고적염은 그런 생각을 했다. 그러면서 더욱 세 차게 검을 휘둘러 갔다.

흔들—

검과 맞부딪칠 듯 다가오던 손이 슬쩍 움직이며 검신의 아 래를 파고들었다.

그리고는 손가락 하나가 동그랗게 말렸다.

손과 검신이 마주치려는 순간, 말린 손가락이 탄지(彈指)의 수법으로 튕겨졌다.

쨍! 하는 경쾌한 쇳소리가 나며 고적염의 검이 고드름이 부서지듯 여러 조각으로 부서지며 사방으로 튀어나갔다.

"이럴 수가……."

반 토막도 남지 않은 검을 든 고적염이 망연한 표정으로 중얼거렸다.

검기가 뻗어 나올 만큼 강한 내력을 불어넣은 검이었다. 그것이 어떻게 가볍게 튕기는 손가락에 부딪쳐 유리 조각처럼 부서져 나간단 말인가?

고적염은 도저히 이해가 안 되는 상황에 더 이상 아무것도 할 수 없다는 듯 서 있기만 했다.

"네놈은… 련주의 막내 사제라는… 그놈이구나."

시종일관 유진룡을 쏘아보던 진국동이 비로소 정체를 알겠다는 듯 중얼거렸다.

"그야 도천극 그놈 말이고… 난 한 번도 그런 생각을 해본 적이 없소!"

유진룡은 조소를 피워 올리며 진국동의 말에 화답했다.

진국동의 눈빛이 한차례 떨림을 보였다.

도천극으로부터는 아무 말도 듣지 못했지만 그의 사제 철사홍과 또 다른 사제인 저놈에 대해서는 익히 알고 있는 진국동이었다. 특히 최근 도천극보다 더 큰 명성을 얻고 있는 유진룡에 대해서는 한가닥 호기심마저 가지고 있었다. 그런데 뜻밖에도 이곳에서 만날 줄이야…….

진국동은 입가에 비릿한 미소를 피워 올렸다.

"남궁한을 처치하고 난 다음엔 네놈 차례였는데… 제 발로 나타났군."

"역시 그런 거였군."

유진룡은 고개를 끄덕였다. 도천극의 목적은 남궁한이나 소주 지부만이 아니었다. 최종 목적은 자신과 소향상회였던 것이다.

"산 채로 잡아라!"

진국동은 위징을 향해 짧게 명령을 내렸다.

第百三章
역공(逆功)

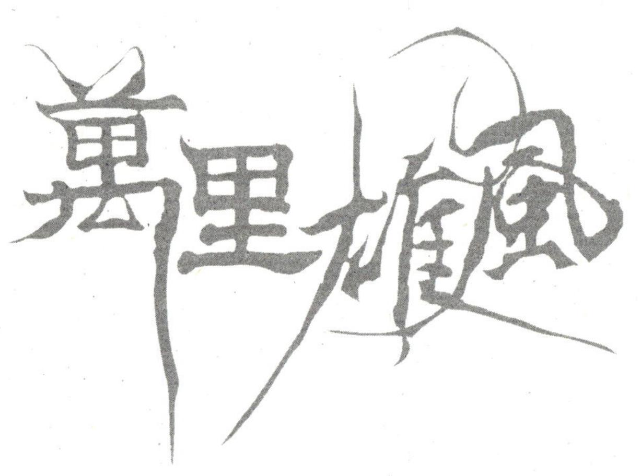

위징이 고개를 끄덕인 후 몸을 움직였다.

그러나 공격은 유진룡 쪽에서 먼저 이루어졌다. 놈들의 의도를 확인한 이상 한 놈도 살려 보낼 수가 없었다.

유진룡은 위징을 향해 일장을 날렸다.

"하앗!"

소엽검 위징도 때를 같이하여 검을 휘둘렀다.

우우웅—

무거운 진동음과 함께 위징의 검에서 한줄기 검풍이 낙엽을 쓸 듯 쏟아져 나왔다.

유진룡은 활짝 폈던 손을 슬쩍 흔들며 주먹을 말아 쥐었다.

그리고는 다시 한 번 앞으로 내밀었다.

피잉—

주먹에서 송곳날 같은 경기가 장력의 뒤를 이어 쏘아져 나갔다.

위징은 눈을 부릅뜨며 미친 듯이 검을 휘둘렀다.

분명 장력을 내뻗은 공격이 먼저였는데 주먹에서 쏟아진 권경이 더 빠르게 심장을 향해 쏘아지고 있었다. 그렇게 되자 장력에 대비한 위징의 검초가 모두 헛된 초식이 되어버린 것이다.

땅!

퍼엉—

이질적인 두 가지 파열음이 거의 동시에 흘러나왔다.

"크윽!"

위징은 답답한 비명을 토하며 뒤로 주르르 밀렸다.

늦게 발출되었지만 오히려 가슴 한복판으로 먼저 다가드는 경기를 쳐내느라 허둥거리는 사이 먼저 발출된 장력에 격중된 것이다.

"울컥!"

뒤이어 위징은 선혈 한 모금을 토해냈다. 그런 그의 눈빛이 심하게 흔들리고 있었다.

고적염의 검을 탄지 수법에 의해 부러뜨렸을 때는 약간의 경각심을 가졌지만 그래도 아직은 스물 정도밖에 안 된 애송이라는 생각을 떨치지 못했는데 직접 맞닥뜨려 보니 절대로 그게 아니라는 생각이 들었다.

손바닥과 주먹에서 뻗어 나오는 기운의 강맹함도 강맹함이었지만 두 가지 경력을 그렇게 자유자재로 조절하여 내뻗는 경지는 절정의 고수임을 반증해 주었다.

"자네……."

포위망을 좁히며 유진룡 곁으로 다가온 남궁세준도 놀란 눈으로 유진룡과 위정을 번갈아 쳐다보았다. 자신에게는 사신 같았던 이들이지만 한눈에 보아도 낭패한 기색이 역력했다.

"말도 안 되는 추적을 해온 데는 이유가 있었군!"

남궁찬도 고무된 음성으로 말했다.

"저놈들을 잠시만 막아주게!"

내상을 입은 위정과 검이 부러진 고적염을 눈으로 가리키며 남궁세준에게 짤막하게 말한 유진룡은 다른 사내에게 다시 주먹을 내뻗었다. 주먹 끝에서 뻗어 나온 기운이 사내를 향해 섬전처럼 쏘아졌다.

사내는 대경하여 검을 흔들었다.

그 순간 유진룡의 신형이 빨랫줄처럼 늘어나며 두 사내에게로 쇄도해 들었다.

"쳐라!"

반 토막난 검을 든 고적염과 다른 사내 하나도 고함을 지르며 몸을 날렸다.

"네놈들은 우리 차지다."

남궁찬이 원독 가득 찬 소리를 지르며 날아들었다. 그를 따라 남궁세준도 몸을 날렸다.

파파팡—

유진룡은 쇄도해 드는 기세를 몰아 진국동에게 제일 가까운 곳에 있는 사내를 향해 삼장을 연속적으로 펼쳤다.

송곳 같은 경기에 이어 해일같이 밀려드는 장력에 사내는 풍차처럼 검을 휘두르며 장력을 잘라갔다. 그런 사내의 검에서도 고적염의 검처럼 시퍼런 검기 한 자락이 뻗어 나오고 있었다.

위징에 이어 유진룡을 상대하게 된 사내 가도익(可度翊)은 시퍼렇게 솟아난 검기로 유진룡이 뿌린 장력을 맹렬히 잘라갔다.

치잉—

한 개의 장력이 검기에 걸리며 진동음을 토해냈다.

'됐다!'

가도익은 속으로 쾌재를 외쳤다. 이런 기세로 장력을 모두 흩어가면 승기를 잡을 수 있는 것이다.

그런데…….

가도익의 눈이 커다랗게 뜨여졌다.

팔성의 내력을 쏟아부어 피워 올린 검기에 걸려 흩어질 듯하던 장력의 끝에서 차돌같이 단단한 강기가 느껴졌다.

설사 차돌이라도 두부처럼 싹둑 자를 수 있는 검기였다. 그런데 무형의 장력은 만년한철 같은 강건함으로 다가들었다.

가도익이 뿌린 검기가 급격히 소멸하고 그 여파가 고스란히 가도익의 혈맥으로 스며들어 내부를 진탕시켰다.

뒤이어 가도익은 눈을 부릅떴다.

두 개의 장력은 겨우 흩었지만 마지막 한 개의 장력이 고스란히 가슴으로 몰려오고 있었던 때문이다.

가도익은 신속히 내력을 끌어올려 반탄강기를 펼쳤다. 그러나 진탕된 진기가 제대로 모이지 않았다.

퍼억—

몽둥이로 푸줏간의 고기를 두드리는 듯한 파육음이 가도익의 가슴에서 터져 나왔다.

"크윽!"

쥐어짜듯 신음을 토해낸 가도익이 불신 어린 눈으로 자신의 가슴을 내려다보았다.

쇠망치에라도 가격당한 듯 가슴은 움푹 함몰되었고 부러진 늑골이 가슴살을 뚫고 튀어나와 있었다.

"쿨럭!"

뒤늦게 가도익의 입에서 선혈이 터져 나오고 있었다. 조각난 늑골과 함께 그 안에 든 폐와 심장까지 터져 버린 것이다.

"도천극의 개!"

유진룡은 가도익을 향해 사정없이 선풍각을 날렸다.

발이 다가들기도 전에 퍼억! 하는 소리와 함께 가도익의 머리가 수박 깨어지듯 깨어져 나갔다.

위징의 표정이 밀랍처럼 굳어졌다. 아울러 남궁찬과 남궁세준 등과 검을 섞던 고적염과 다른 한 사내도 우뚝 신형을 멈추었다. 남궁찬과 남궁세준이 먼저 검을 멈추었기 때문이다. 은영무객 진국동만이 차가운 눈빛을 하며 처음의 자세를 유지하고 있었다.

"이, 이놈!"

고적염이 씹어 먹을 듯한 눈으로 유진룡을 노려보았다.

가차없는 공격이었고 잔인한 손속이었다.

가도익은 두 번의 장력을 막았으나 마지막 한 개의 장력은 역부족으로 막지 못하고 가슴에 격중당했다. 그것으로도 가도익은 죽은 목숨이었다. 갈비뼈가 왕창 부러지고 내장이 터진 사람은 대라신선이 온다고 해도 살아날 수가 없다. 그런데 그런 가도익을 다시 한 번 공격하여 머리마저 부수어 버리는 유진룡의 행동은 마인을 방불케 했다.

그러나 그 분노를 계속 불태울 시간이 없었다.

유진룡이 묵직한 걸음을 옮기며 다가서고 있었기 때문이다.

그때까지도 진국동은 미동도 않고 그 자리에 서 있었다. 마치 그 부하들의 죽음은 자신과 상관없다는 듯 그의 눈은 차갑게 빛나며 가라앉아 있었다.

“물러서게.”

고적염이 반 토막 난 검을 던지고 가도익의 검을 주워 든 채 고함을 질렀다. 위징은 아직도 내상에서 벗어나지 못하고 있었다.

“네놈들 상대는 나라고 했을 텐데.”

남궁찬이 고적염의 앞을 막아섰다. 자연스레 그들 두 사람은 다시 대결을 벌이게 되었고 남궁세준도 다른 한 사내와 검을 섞기 시작했다.

이젠 포위망을 굳건히 하고 있던 남궁가의 무사들 몇 명도 몸을 날려 남궁세준과 남궁찬에게 가세하고 있었다. 그러면서도 그들은 힐끔거리며 진국동의 움직임을 살피는 것을 잊지 않았다. 어제저녁 마주친 그의 신위는 저승사자나 마찬가지였기 때문이다.

그런 남궁가 사람들의 경계와는 상관없이 진국동은 아직까지도 한 치의 미동도 없이 서 있었다. 네놈들이 아무리 설쳐도 상대가 아니라는 듯, 아니면 부하의 죽음쯤은 내 알 바가 아니라는 듯한 모습이었다.

유진룡은 차가운 눈으로 진국동을 향해 다가섰디. 그를 향해 위징이 검을 들어 올리며 막아섰다. 이미 일장을 맞은 그의 얼굴은 밀랍처럼 창백했지만 앞을 막아서는 모습은 바위처럼 견고했다.

파앙—

유진룡은 위징을 향해 장력을 터뜨렸다. 진국동을 상대하기 위해서는 우선 위징부터 치워야 했다.

휘익―

위징이 필사적으로 몸을 틀며 장력을 피해냈다. 직접 맞받아보며, 그리고 가도익의 처참한 주검을 보며 정통으로 마주쳐서는 그대로 바스러질 것이라는 것을 절감했기 때문이다.

우지끈―

위징의 옷깃을 스치며 지나간 유진룡의 장력이 아름드리 나무를 때렸고 나무의 아랫부분이 가루가 되어 으스러지며 옆으로 쓰러지고 있었다.

쓰러지며 덮쳐 오는 나무를 피해가던 위징이 대경하여 검을 치커올렸다.

어느새 허공으로 솟구친 유진룡의 신형이 넘어지는 나무와 함께 위징의 머리 위로 덮쳐 내리고 있었기 때문이다.

위징은 혼신의 힘을 다해 유진룡의 복부를 향해 검을 찔러갔다.

그러나 쓰러지는 나뭇가지를 가볍게 박차며 백호번신(白虎翻身)의 수법으로 몸을 뒤집은 유진룡이 발꿈치로 위징의 가슴을 찼다.

퍼억―

이번에도 역시 유진룡의 발이 닿기도 전에 위징의 가슴이 터져 나가고 있었다.

"크아악!"

위징이 단말마를 토했다. 그리고는 그대로 절명했다.

쿵!

뒤늦게 위징의 신형이 바닥으로 무너졌다.

터져 버린 그의 가슴에서 그제야 피분수가 솟구치고 있었다.

"위징─"

고적염이 고함을 질렀지만 그는 연신 떨어져 내리는 검들에 막혀 더 이상 시선을 돌릴 수 없었다.

"이젠 당신 차례요."

유진룡이 진국동을 향해 다가섰다.

"후훗!"

진국동이 차가운 웃음과 함께 긴 호흡을 토해냈다.

"이젠 됐군!"

진국동은 자신의 사지를 가볍게 움직이며 낮게 중얼거렸다.

그가 지금까지 꼼짝도 않고 서 있었던 것은 진기를 일주천시키며 공력을 완전히 회복하기 위힘이있던 것이다.

가도익은 워낙 창졸지간에 당한 터라 어쩔 수 없었겠지만 위징은 그가 나섰으면 구할 수 있었을 텐데도 진국동은 꼼짝도 않고 공력을 되찾기 위해 진기를 골랐다. 이미 전투력의 대부분을 상실한 위징은 가망없다고 보고 그의 목숨을 내던지며 자신의 공력을 완전히 회복할 시간을 번 것이다.

뱀처럼 차갑고 잔인한 심계였다.

"도천극의 개가 될 자격을 충분히 갖추었군."

유진룡이 차가운 눈으로 진국동을 쳐다보며 말했다.

"그런가? 그럴지도……."

진국동은 유진룡의 힐난에도 조금도 동요되지 않고 미미하게 고개를 끄덕였다.

"네놈은 예상보다 훨씬 강하군. 아주 재미있겠어."

진국동은 슬쩍 입술을 비틀었다.

유진룡은 뚫어져라 진국동을 쳐다보았다.

냉철하면서도 안으로 깊이 정제된 기운이, 과연 육성의 인물이구나 하는 생각이 들었다.

그러면서 유진룡은 양혼절맥수 공우기를 떠올렸다.

같은 육성의 인물이었지만 그와는 많이 다른 느낌의 무인이었다.

양혼절맥수 공우기는 또 다른 혼에 지배당하면 마인보다 더 패도적으로 변했지만 그때까지는 대협의 풍모를 지니고 있었다.

그러나 진국동은 달랐다.

차갑기가 뱀 같고 목적한 바를 위해서는 수하들 목숨쯤은 화톳불에 나뭇가지 던지듯이 던져 넣을 수 있을 것 같았다.

이자는 어쩌면 도천극의 가장 신임받는 수하일지 모른다

는 생각이 들었다. 그와 함께 도천극에 대한 분노가 자연스럽게 진국동에게로 전이되어 갔다.

고적염과 또 한 명의 사내가 남궁가 사람들과 검을 부딪치는 소리가 점점 더 거세게 들려왔지만 유진룡과 진국동은 못 박힌 듯 서로의 눈을 노려보고 있었다.

"정말 재미있겠군. 오랜만에 피가 끓어올라!"

진국동이 먼저 입을 열었다.

"그 재미를 절실히 느끼게 해주겠소!"

말과 함께 유진룡이 진국동을 향해 성큼성큼 한 걸음 옮겼다.

단 한 발짝에 유진룡의 신형은 암산이 무너져 내리듯 진국동을 향해 덮쳐들었다.

파앗—

진국동이 섬전처럼 손을 뿌렸다.

스스스—

그의 손에서 은무(銀霧) 한 자락이 아지랑이처럼 흘러나왔다.

진국동의 이름 앞에 은영무객이라는 별호를 안겨준 은무장(銀霧掌)이었다.

발출될 때는 마치 안개처럼 부드러운 장력이었지만 그 파괴력은 무당의 면장에 못지않았다.

안개처럼, 미풍처럼 불어오는 은색의 안개에 실린 힘이 그

어떤 검기보다 더 강맹하고 치명적이라는 것을 느낀 유진룡
은 급히 만리추영보를 밟았다.

슈우욱—

유진룡의 신형도 안개처럼 흐릿해져 갔다.

고적염 등을 상대할 때는 빨랫줄처럼 늘어나던 신형이 만
리추영보를 극성으로 펼치자 아예 안개처럼 흐릿하게 사라졌
다.

그 안개가 은영무객의 은무장에 부딪쳐 간다 싶은 순간, 안
개의 전방에서 강력한 일장이 뻗어 나왔다.

우웅—

두 기운이 마주치는 곳에서는 기이하게도 폭음 대신 수만
마리의 벌 떼들이 날아오르는 듯한 소리가 흘러나왔다.

봄바람같이 부드러운 은영무에 대항해 유진룡 역시 그런
기운으로 상대해 갔기 때문이다.

지진이 일어난 것 같은 진동과 함께 소향상회의 지하 석실
반을 무너뜨린 그 강력한 기운이 이번에는 무당의 면장처럼
한없이 부드럽게 은영무를 휘감아갔다.

은영무객 진국동의 가슴에 서늘한 기운이 스치고 지나갔
다.

가도익의 가슴을 두드릴 때, 그리고 위징을 향해 뿜어져 갈
때는 늑골을 왕창 무너뜨리고, 아름드리나무의 밑둥치를 가
루로 만들어 버린 바위같이 단단한 기운이었다. 그런데 그 기

운이 어떻게 자신의 은영무보다 더 부드러움을 내포한 채 연기처럼 뒤덮어오고 있는 것인가? 차라리 바위같이 무겁고 단단한 기운이라면 그물로 감싸듯 감아서 뿌리치며 떨쳐 버릴 수 있을 텐데, 이것은 오히려 자신의 은영무가 그물에 감싸여져서 더 이상 위력을 발휘하지 못하는 형국이었다.

진국동의 이마에서 굵은 힘줄이 솟아올랐다. 그리고는 왼손을 펼쳐 여의주를 쓰다듬 듯 부드럽게 원을 그렸다.

우우웅—

벌 떼의 수가 두 배로 늘어난 것 같은 진동음과 함께 진국동의 좌장에서 은영무가 뭉쳐지며 붉은 기운으로 화해갔다.

도천극이 전해준 이름 모를 신공이었다. 그것이 진국동의 좌장에서 삐죽이 머리를 내밀고 있었다.

유진룡은 가일층 공력을 돋우며 쌍장을 흔들었다.

만년석정수가 녹아든 바위 같은 기운이 우주무한의 심법에 융화되어 만상을 포괄하는 기운으로 은영무를 덮쳐 가고 있었다. 그리고 조금만 더 지난다면 무한한 우주의 공간으로 그 은영무를 소멸시켜 버릴 수 있을 것 같았다.

그 순간!

진국동의 좌장에서 피보다 선명한 기운이 수풀 속에서 갑자기 튀어나오는 뱀처럼 쏘아져 나왔다.

유진룡의 눈에 짙은 살기가 어렸다.

단리하연을 구하러 도천극의 배에 뛰어들었다가 탈출하며

등줄기에 강타당한 그 기운이었다. 그리고 남궁세준의 도움으로 가까스로 강변 절벽에 올랐을 때 다시 나타난 도천극으로부터 강타당한 그 기운이었다.

그 기운이 그때보다 뭔가 훨씬 더 치명적인 독니를 숨긴 채 뻗어 나오고 있었다.

유진룡은 온 내력을 우장에 모았다. 그리고는 앞으로 쭈욱 뻗어냈다.

우우웅—

쇳덩이보다 더 무겁게 느껴지던 만년석정수의 기운이 이제 그 본연의 강기를 펼치며 뻗어나갔다.

수십 문의 대포가 한꺼번에 터지는 듯한 폭음이 터져 나왔다. 그러자 주변의 공간이 같이 터져 나갔다.

"피해!"

남궁찬이 고함을 지르며 몸을 날렸다. 그대로 있다가는 공간과 함께 같이 터져 버릴 것 같았기 때문이다.

남궁세준도, 다른 남궁가의 무사들도, 그리고 고적염과 다른 한 사내도 대결을 멈추고 파괴의 장에서 멀찍이 물러났다.

"쿨럭!"

답답한 기침 소리와 함께 터져 나갔던 공간이 서서히 복원되기 시작했다.

온통 땅거죽이 벗겨진 공간 안에 두 사람이 흙먼지를 뒤집어쓴 채 서 있었다.

일견 아무 일도 일어나지 않은 것 같았다.

팔을 앞으로 뻗어 서로를 상대했던 두 사람은 이젠 팔을 내리고 무심한 눈으로 서로를 노려보고 있었다.

"도천극의 개가 확실하군."

먼저 유진룡이 입을 열었다. 그의 눈에는 활화산 같은 분노가 어려 있었다.

"네놈은… 어떻게 이런……."

진국동이 쥐어짜듯 말했다. 그리고는 다시 일장을 뿌릴 듯 오른손을 들어 올렸다.

"엇?"

남궁세준이 경호성을 토했다.

들어 올리던 진국동의 팔에 핏빛 금이 그어지며 균열이 가고 있었기 때문이다.

이윽고 파앗! 하는 소리와 함께 진국동의 팔이 터져 나갔다. 그것을 신호로 진국동의 전신이 피 그물로 뒤덮인 듯 균열이 가며 흐물거렸다.

쏴아아—

진국동의 몸이 서서히 무너져 내리기 시작했다. 이윽고 그의 몸은 핏빛 육편으로 변해 바닥에 쌓였다.

"우욱!"

남궁세가의 무사 하나가 구역질을 토했다.

조금 전까지 사신처럼 느껴지던 한 인간이 다져진 인육 덩어리로 무너져 내리는 모습은 너무 처참하여 욕지기를 참을 수 없게 했던 것이다.

유진룡은 멍하니 아래를 바라보았다.

처음부터 이런 결과를 바란 건 아니었다. 소향상회로 올지도 모르는 진국동을 막고, 또 그를 통해 남궁세가와 제갈세가에 끼칠 수 있는 도천극의 마수에 관해서도 캐어보려고 했던 것이다. 아울러 마웅탁에 대해서 알고 있는지도 캐낼 생각이었다.

그런데 진국동은 죽어버렸다.

그냥 죽은 게 아니라 다져진 인육 덩어리로 변하며 죽어버렸다.

도천극에 대한 분노가 그에게로 향하며 진한 살심을 불러일으킨 것은 사실이었지만 이런 식은 바라지 않았다.

이건 대마인의 잔인한 손속이나 진배없었다.

유진룡은 자신의 손을, 그리고 자신의 주변을 둘러보았다.

소향상회의 지하 석실에서와 똑같았다.

아직은 우주무한의 힘을 제대로 조절할 줄 모르고 있는 것이다.

그건 제대로 뿌릴 줄 모른다는 말과도 같았다.

지나치게 출수된 기운으로 인하여 심한 피로감이 몰려왔다.

유진룡은 천천히 등을 돌렸다.

조금 쉬며 운기를 하고 싶었다.

남궁세준이 흔들리는 눈으로 유진룡을 쳐다보고 있었다. 남궁찬도 마찬가지였고, 고적염과 다른 한 사내도 마찬가지였다. 진국동이 육편이 된 마당에 그들은 완전히 전의를 상실한 채 유진룡을 향해 분노마저 표출하지 못하고 있었다.

그들의 목을 향해 남궁가의 무사들이 검을 들이댔다.

그러나 그들은 여전히 그대로 서 있었다.

유진룡은 발길을 돌려 그들에게로 다가갔다. 그들의 눈에 죽음의 그림자가 진하게 어렸다.

"몇 가지 물어볼 것이 있소!"

유진룡이 고적염을 향해 말했다.

"잔악한 놈!"

고적염이 부서질 듯 뿌드득 이를 갈며 말했다. 목에 드리워진 남궁가 무사들의 검이 아니면 당장에라도 뛰쳐나올 듯했다.

"잔악하다고……?"

유진룡의 입가에 섬뜩한 조소 한가닥이 매달렸다.

파앗―

조소가 지워지기도 전에 유진룡의 신형이 꺼지듯이 사라졌다. 그리고는 고적염의 신형 앞에서 불쑥 솟아올랐다.

"크윽!"

유진룡의 손에 어깨가 잡힌 고적염이 오장육부에서 터져

나오는 듯한 신음을 토했다.

"칼을 들고 담장을 뛰어넘은 악도를 보고 가족을 지키고자 몽둥이를 휘둘러 그 악도를 잔인하게 때려죽인 집주인이 있다면 그 집주인은 잔악한 사람이 되고 몽둥이에 맞아 처참하게 죽은 강도는 가련한 사람이 되는 것이오?"

"아아악!"

유진룡의 손에 힘이 들어가자 고적염은 처절한 비명을 질렀다. 그러나 유진룡은 손에 힘을 빼지 않았고 마침내 유진룡의 손가락이 파고든 고적염의 어깨에서는 선혈이 터져 나오기 시작했다.

"말하시오! 이곳에서 남궁가주를 해한 후 당신들의 다음 목표는 누구였소?"

유진룡은 더욱더 공력을 돋우었다.

"크아아악—"

고적염이 죽지도 살지도 못한 채 비명만 토했다. 이젠 그의 입에서도 선혈이 토해져 나오기 시작했다.

"그만! 그만둬, 이 개자식아! 그는 지금 대답할 정신마저 놓은 상태야!"

고적염과 함께 인질이 되어 있던 사내가 발악을 하듯 고함을 질렀다. 그런 사내의 목을 향해 남궁가의 무사가 더욱 강하게 검을 밀어붙였다.

휘익—

유진룡은 거의 정신을 잃은 고적염을 짚단처럼 뽑아 올려 바닥에 팽개쳤다. 그리고는 그의 머리를 발로 밟았다.

"이젠 당신에게 묻겠소. 남궁가주를 공격한 후 다른 밀영의 무리들이나 당신들의 다음 목표는 누구였소?"

그 질문과 함께 유진룡은 고적염의 머리를 밟은 발에 지그시 힘을 주었다.

"크아악!"

머리가 반쯤 땅속에 파묻힌 고적염이 다시 처절한 비명을 질렀다. 그러나 유진룡의 행동은 조금도 멈칫거리지 않았다.

"내 가족을 지키기 위해서라면 난 세상에서 가장 잔인한 인간이 될 수도 있소. 그러니 말하시오. 그것이 당신 동료의 고통을 조금이라도 줄여주는 것이오."

발을 들어 올린 유진룡은 이번에는 고적염의 허벅지에 다리를 올려놓고 힘을 주었다.

"으아아악!"

우두둑, 하고 다리뼈가 부서져 나가는 소리가 나며 고적염은 지금까지 지른 비명을 합친 것보다 더 큰 비명을 질렀다.

"다리는 하나 더 있소. 그리고 다리 다음에는 두 팔, 아니, 그보다 더 많은 열 손가락을 차례로 하나씩 뽑아내겠소. 그런 다음에는 눈알도 뽑겠소."

전혀 격정이 실리지 않은 침착한 목소리였다. 그리고 그 어투 역시 존장을 대하듯 정중했다.

그것이 오히려 사내를 질리게 만들었다.

발광을 하며 분노하는 개는 두렵지 않다.

이를 드러내며 미친 듯이 짖어대는 맹견은 내심 겁을 먹고 있기에 그런 것이다. 그 두려움을 숨기기 위해 과도하게 살기를 터뜨리는 것이다.

그러나 먹이를 덮치기 직전의 맹수에게서는 한가닥의 살기나 분노도 흘러나오지 않는다. 숨소리마저 숨긴 채 먹이를 노려보고 있는 것이다. 하지만 그런 맹수가 발톱을 드러내고 도약하면 그 앞에 있는 먹이는 단번에 배가 갈라지고 등뼈가 부서지며 숨통이 끊기는 것이다.

지금 유진룡의 눈에서는 그런 맹수의 살기가 깊이깊이 가라앉아 있었다.

사내는 진저리를 쳤다.

이대로 간다면 그의 말처럼 정말로 손가락을 뽑고 눈알을 뽑아낼 것이다. 차라리 자신이 그런 일을 당했더라면 백배 편할 것이란 생각이 들었다.

태어날 때부터는 아니지만 거의 이십 년 가까이 한 몸처럼 붙어 지냈던 고적염이었다. 함께 죽을 고비도 넘기고, 쩍 갈라져서 선혈이 터져 나오는 상처를 서로서로 싸매주며 여기까지 왔다.

"아아악!"

고적염의 비명이 이젠 두 갈래, 세 갈래로 갈라지고 있었

다. 성대가 찢어져 제대로 된 비명이 터져 나오지 못하는 것
이다.

"제갈세가……."

사내는 마침내 신음을 토하듯 답했다.

유진룡은 천천히 발을 들어 올렸다.

"고맙소. 더 이상은 당신들을 핍박하지 않겠소."

유진룡은 사내의 목에 검을 들이댄 남궁가 무사에게 눈짓
을 했다.

유진룡의 눈빛을 받은 무사가 무엇에 찔린 듯 움찔 검을 거
두고 뒤로 물러났다.

"가세!"

유진룡은 남궁세준을 향해 짤막하게 말했다.

남궁세준은 더 이상 놀랄 기력도 없다는 듯 멍한 표정으로
유진룡과 고적염 등을 쳐다보다가 무사들을 향해 손짓을 했
다.

주춤주춤 등을 돌린 무사들이 두 사내를 지나쳐 남궁세준
의 뒤를 따랐다.

"언센가 네놈을…… 그리고 내 가족까지 모두 찢어 죽이겠
다."

반쯤 시체가 된 고적염을 안아 든 사내가 피를 토하듯 말
했다.

유진룡이 우뚝 걸음을 멈추었다. 그리고는 강시처럼 등을

돌렸다.

"난 찢어 죽여도 상관없소. 하지만 내 가족은……."

유진룡이 천천히 손을 들어 올렸다.

콰아앙—

그의 손에서 진국동을 상대할 때보다 더 거센 장력이 터져
나왔다.

第百四章

일영대의 몰락

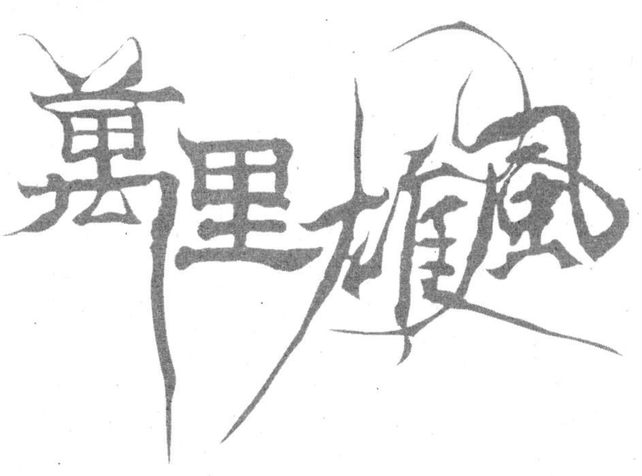

밤새 눈 한숨 붙이지 못하고 진국동을 쫓아 새벽녘에 그를 처치한 후 곧장 소향상회로 돌아온 유진룡은 바로 떠날 차비를 했다.

마웅탁이 제갈세가로 향했고 도천극이 그것을 알고 있는 이상 놈이 어떻게 나올지, 어떤 흉계를 꾸미고 있을지는 불을 보듯 뻔했다.

놈은 제갈세가 주변에 천라지망을 펼친 채 기다리고 있든지, 아니면 제갈세가까지 왕창 무너뜨릴 계획을 세우고 있을 것이다.

그 어느 경우라도 마웅탁에게는 백척간두에 있는 것 같은 위험이었다.

　"대체 무슨 일인가요?"

　금빙화 단리하연이 가슴이 무너지는 것 같은 표정으로 유진룡을 쳐다보았다.

　정주의 정도맹 총단에서 이곳까지 올 때는 마차에서, 그리고 쾌선의 선실에서 같이 앉아 있었지만 단둘만이 아니었다.

　철사홍과 주애청이 있었고, 이장명과 하택이도 있었다. 그리고 호원무사를 대신하던 한덕무 일행도 있었다. 그래서 소향상회에 도착할 날만을 손꼽아 기다렸다.

　그런데 정작 소향상회에 도착하자마자 유진룡과는 차 한 잔 마실 시간조차 없었다.

　도착한 그날부터 동생들 틈에 파묻혀 새벽까지 술자리를 같이했고, 그 다음날 아침 충혈된 눈으로 잠시 모습을 보였다가 지하 석실로 들어가 두문불출했다. 그곳에서 천장과 벽이 무너진 어제에서야 겨우 밖으로 나왔는데, 그때 남궁세가의 사람들이 들이닥쳐 또 바람처럼 그들을 따라 나갔다. 그리고 그곳에서 돌아온 오늘 어디론가 떠날 준비를 하고 있는 것이다.

　"응탁이에게 큰 위험이 닥쳤습니다. 내가 가지 않으면 그놈은 틀림없이 죽을 것입니다."

　유진룡은 금방이라도 눈물이 흘러내릴 듯한 단리하연의 눈을 쳐다보며 달래듯이 말했다.

단리하연은 더 이상 아무 말도 하지 못한 채 세차게 입술을 깨물었다.

자신에게 있어 이 사내는 언제나 한줄기 바람 같았다. 전혀 예측하지도 못한 곳에서 폭풍처럼 불어닥쳐 온 가슴을 헤집 어놓고는 다시 그렇게 사라졌다.

동생들을 이끌고 소향상회의 문을 두드린 첫 만남!

그때도 이 사내는 한줄기 폭풍이었다.

아직은 소년의 티를 다 벗지 못했지만 한줄기 예측 못할 폭 풍으로 불어닥쳐 자신의 가슴을 왕창 무너뜨린 후 새벽이 밝 기도 전에 폭풍처럼 떠나갔다.

폭풍은 휘익 멀어져 갔지만 자신의 가슴속에 스며든 그 폭 풍의 기운은 한시도 그치지 않고 세차게 불고 있었다.

그렇게 이 년여!

칠면독사 육마종의 마수에서 소향상회가 풍전등화의 위기 에 빠졌을 때 그 폭풍은 다시 불어와 위기를 막아주고 중독된 자신까지 구해주고 떠나갔다.

그것이 두 번째 폭풍이었다.

세 번째 만남 역시 마찬가지였다.

도천극의 손아귀에 잡혀 있던 자신을 다시 폭풍이 되어 불 어와 자신을 휩쓸어 안고는 황하의 탁류 속으로 뛰어들었다. 그렇게 자신을 구하고는 폐인이 되어 또 어디론가 떠나갔다.

그리고는 언제나처럼 더 강한 폭풍이 되어 정도맹 총단으로 불어닥쳐 자신을 이곳 소향상회로 데려왔다.

그것으로 더 이상 폭풍으로 불어닥치지 말고 가라앉기를 간절히 바랐다.

하지만 이 사내는 지금 다시 바람이 되어 떠나려 하고 있었다.

주르르—

단리하연의 눈에서 마침내 닭똥 같은 눈물이 흘러내렸다.

막을 수도, 막아서도 안 되는 일이란 건 누구보다 잘 안다. 그러나 야속한 마음은 가눌 길이 없었다. 그 마음을 대변하듯 눈물만이 하염없이 흘러내렸다.

"미안하오, 회주."

유진룡이 조심스럽게 단리하연의 손을 잡았다.

몇 번 강렬한 입맞춤이 있었지만 언제나 구름 위의 선녀 같은 그녀였다.

그동안 말투만 조금 바꾸어 더 가까이 다가가려 하고 있는 중이었다.

"그런 호칭으로 부르지 않기로 했잖아요."

단리하연이 눈물 가득한 눈을 맞춰왔다.

"하… 연!"

유진룡이 어렵게, 어렵게 단리하연의 이름을 불렀다.

"그래요. 앞으로는 그렇게 부르세요."

살포시 미소를 짓는 그녀의 눈에서 더욱 굵은 눈물이 흘러내렸다.

"하연!"

유진룡이 단리하연의 허리를 억세게 끌어안았다.

한 줌도 안 될 것 같은 그녀의 허리가, 불면 날아갈 듯한 그녀의 신형이 온 세상을 다 안은 것 같은 충만감을 안겨주며 가슴 가득 안겨왔다.

누가 먼저랄 것도 없이 입술이 겹쳐졌다.

"정말… 미안하오!"

영원히 멈춰 버렸으면 좋을 것 같은 시간 후에 유진룡이 단리하연을 내려다보며 말했다.

"언제쯤… 언제쯤 당신은 내 곁에만 맴도는 바람이 되어줄 건가요?"

단리하연이 더욱 깊이 유진룡의 가슴을 파고들며 물었다.

"언젠가는 그렇게 될 것이오, 언젠가는……."

유진룡이 다짐을 하듯 답하며 단리하연을 끌어안았다.

"이대로… 하루만 더 있다가 떠날 수는 없는 건가요?"

단리하연이 애원하듯 말했다.

하루만이라도 더 머문다면 그 시간 동안 온 징성을 디헤 차를 끓여주고 온갖 진미로 찬을 만들어 세 끼 밥상을 차려주고 싶었다.

그렇게라도 안타까운 마음을 달래고 싶었다.

"한시도 지체할 수 없는 일입니다."

유진룡은 탄식을 하듯 말했다. 제갈세가까지는 하루 이틀에 당도할 수 있는 길이 아니었기에 단리하연의 간청대로 하루는 지체할 수도 있었다.

한 모금의 물로 타는 목마름을 달래듯이 그렇게 하고 싶었다.

하지만 그렇게 하면 왠지 마웅탁의 목숨이 도천극의 마수에 그만큼 더 가까워질 것 같았다.

"미안하오!"

유진룡은 더욱 세차게 단리하연을 끌어안았다. 그녀의 풍만한 가슴이, 하늘거리듯 나긋한 그녀의 교구가 미어지듯 가슴에 사무쳐 왔다.

"어쩌면……."

단리하연이 호흡이 곤란한 듯 숨을 몰아쉬었다.

"당신이 허락했다면 오히려 실망했을지도 모르겠어요."

흑요석 같은 단리하연의 눈에 다시 굵은 눈물이 맺혔다.

"미안하오. 하지만 꼭 돌아오겠소! 꼭!"

유진룡이 두 번, 세 번 다짐했다.

"그래요. 당신은 언제나 돌아오셨죠. 그건 믿어 의심치 않아요. 단지 그 기다림이 매순간 너무 힘들었어요."

단리하연은 철부지 소녀처럼 속마음을 숨기지 않았다.

"미안하오. 내가 해줄 수 있는 말은 그것뿐인 것 같소."

유진룡의 눈에 안타까움이 흘러내렸다.

"흑!"

단리하연이 울음을 토했다.

"정말 미안하오!"

유진룡이 다시 단리하연의 입술을 덮쳐 눌렀다.

영원히 떨어지지 않겠다는 듯 유진룡의 목에 팔을 두른 단리하연이 천천히 걸음을 옮겼다.

단리하연을 안은 유진룡도 그녀를 따라 자연스럽게 걸음을 옮겼다.

턱―

침상에 허리가 부딪치며 걸음을 멈춘 단리하연이 천천히 상체를 침상 위로 뉘였다.

크게 심호흡을 한 번 한 유진룡이 조심스럽게 단리하연의 몸을 침상 위로 올려놓으며 그녀의 가슴 위로 상체를 포개갔다.

*   *   *

휘익―

획―

일단의 인영들이 유령처럼 움직이고 있었다.

미세한 바람 소리만을 남긴 채 울창한 수풀 사이로 빠져나가는 신법은 일류고수의 신위를 드러내 주고 있었다.

휘익—

제일 앞서 가던 사내 하나가 손을 번쩍 들어 올렸다.

그 순간 유령처럼 움직이던 인영들이 한 몸이라도 된 듯 동시에 움직임을 멈추었다.

실로 일사불란한 움직임이었다.

"여기서 흔적이 끊어졌습니다."

손을 들어 올렸던 사내가 낮은 목소리로 말했다.

"으음!"

뒤에서 다가온 사내가 고개를 끄덕이며 주변을 둘러보았다.

선두와 그들은 며칠 거리로 떨어져 있었다. 하지만 서로를 연결해 주는 표식은 일정한 거리로 이어져 있었다. 그런데 그 표식이 이곳에는 보이지 않았다. 그전의 표식이 가리킨 바에 의하면, 다음 표식은 분명 이곳 이십 장 안에 있어야 했다.

그런데 아무리 찾아도 보이지 않는 것이다.

그건 이해할 수 없는 일이었다. 선두가 표식을 빠트릴 리도 만무했고, 추적의 달인인 부하가 방향을 잘못 잡고 표식을 놓칠 리는 더욱 만무했다.

"저 모퉁이 뒤에 싸운 흔적이 있습니다."

백 장 밖까지 흔적을 찾아 나섰던 부하 하나가 거친 호흡과 함께 몸을 날려왔다.

"안내하라!"

고함을 지른 사내가 몸을 날렸고 다시 일단의 사내들이 유령처럼 숲 속으로 스며들었다.

"으음!"

순식간에 모퉁이를 돌아온 사내가 신음을 흘렸다.

흔적을 지우긴 했지만 사방으로 튀어 나뭇잎에 묻은 혈흔과 아직까지 흘러나오는 혈향이 치열했던 싸움을 증명해 주고 있었다.

"이곳에서 일영주 일행이 싸운 것일까요?"

부하 하나가 물었다.

사내는 말없이 주변을 둘러보기만 했다.

진국동이 이끄는 제일밀영의 일조장 적수한(赤受漢)이었다.

그들은 세 개의 조직으로 나뉘어 이틀 거리로 진국동을 따르다 차후에 합류하기로 한 것이다. 그리고 하루 전에 합류하여 진국동과 네 명의 호위의 종적을 따라왔는데 이곳에서 그 종적이 끊기고 치열한 싸움의 흔적만이 남아 있었다.

일조장 적수한은 안력을 돋우며 주변의 흔적을 살폈다.

"으음!"

잠시 후 그의 입에서 무거운 신음이 흘러나왔다.

흔적을 세심하게 지웠지만 격렬했던 싸움의 잔해는 이곳저곳에서 확연히 표착되었다. 그리고 그 싸움의 당사자 중 한쪽은 일영주 진국동과 그의 호위들이 분명했다.

　"흔적이 이 근처에서 끊어졌다면 이곳 싸움의 결과 일영주님과 그의 호위들이 잘못되었다는 말인데… 과연 그런 일이 가능할까요?"

　이조장 담사헌(淡思憲)이 고개를 갸웃거리며 말했다.

　일영주 진국동은 예전에도 육성의 일인으로 절대고수였다. 그런 차에 최근에는 그 무위가 예전보다 훨씬 더 성취되었다. 그런 그가 네 명의 호위와 함께 흔적마저 사라져 버리는 일은 절대로 가능할 것 같지 않았다.

　"이곳에서 무슨 변고가 있던 것이 확실하다."

　적수한은 그 싸움의 결과를 찾기 위해 안력을 더욱 돋우었다.

　"그러면 설마… 일영주와 그 호위들이 모두 당했다는 말이오?"

　이조장 담사헌이 말이 안 된다는 표정으로 고개를 흔들었다.

　일조장 적수한은 대답없이 계속 세밀하게 사방을 살폈다. 순간 그의 눈이 반짝 빛을 발했다.

　천 한 조각이 바닥의 낙엽과 흙에 덮여 있었다.

　적수한은 조심스럽게 흙을 걷어내고 천 조각을 집어 올렸다.

　"고적염 호위의 것이군요!"

　피에 젖은 천 조각을 보며 삼조장 추하문(楸夏文)이 신음성을 토했다.

격렬한 싸움의 흔적, 그리고 일영주의 호위를 맡은 자들의 피에 절은 옷 조각!

그들의 변고는 이제 기정사실이 되어가고 있었다.

"또 다른 흔적이 이쪽으로 이어져 있습니다."

저 앞쪽에서 들리는 부하의 목소리에 적수한은 신속히 몸을 일으켰다.

"추적한다!"

적수한은 손짓과 함께 명령을 내렸다.

부하들이 다시 연기처럼 숲 속으로 스며들었다.

"헛!"

부하들 두 명을 따라 제일 앞에서 모퉁이를 돌아 쏜살같이 나아가던 적수한은 헛바람을 들이켜며 신속히 신형을 멈추었다.

모퉁이가 끝나는 완만한 사면 아래로 평지가 펼쳐져 있고 그곳에 일단의 사내들이 석상처럼 서서 길을 막고 있었던 것이다.

쉬익—

쉭—

적수한은 뒤에서 부하들이 급하게 신형을 멈추느라 서로 부딪쳐 대열이 흐트러지는 것도 느끼지 못한 채 앞에 도열해 있는 사내들을 쳐다보았다.

제일 앞에 열 명가량의 사내가 버티고 있고 그 뒤에 수십 명, 아니, 어쩌면 백 명도 넘는 사내들이 도열해 있었다.

'음!'

적수한은 침음성을 삼켰다.

앞을 막고 있는 저들을 보아 일영주 진국동과 그의 호위들이 당했다는 것이 확실해진 것이다.

앞을 막은 저자들이 일영주 진국동을 처치하고 이젠 자신들까지 제거하려 하고 있는 것이리라.

억지로 마음을 가라앉힌 적수한은 제일 가운데에 선 사내들에게 시선을 고정시켜 갔다.

남들보다 한참은 더 큰 두 사내의 모습이 자연스럽게 시선을 붙잡아온 것이다.

'으음!'

적수한은 다시 한 번 침음성을 삼켰다.

두 사내 중 한 명의 정체를 알 것 같았기 때문이다.

철탑 같은 체격에 온 얼굴을 뒤덮은 구레나룻!

그는 추풍신검 철사홍이었다.

그렇다면 왼쪽에 서 있는 그와 못지않은 체격의 청년은 그의 사제인 백호투왕이란 놈이 분명했다.

그리고 오른쪽에 선 여인은 주애청일 것이다.

모두들 흑사련주 도천극의 사제들이었다.

흑사련주 도천극에 있어서 그들이 제일 큰 골칫거리고 제일 위협적인 적이라는 것을 알기에 그들에 대한 신상은 여섯 개의 밀영 조직에서 최근 제일 관심 깊게 파악하고 있는 상태였다.

그런 그들이 앞을 막고 있다는 것은 일영주 진국동과 그 일행이 저놈들 손에 당했다는 것이 더더욱 확실했다.

적수한은 입술을 씹었다.

"사제 말이 맞았어. 역시 놈들의 잔당이 있었군!"

제일 앞줄의 가운데에 선 철사홍이 이를 드러내며 웃었다.

철사홍을 잠시 쳐다보던 적수한은 유진룡에게 시선을 맞추어갔다.

최근 백호투왕이라는 별호와 함께 추풍신검 철사홍보다 더 위험한 존재로 급부상하고 있는 놈이었다.

때마침 유진룡의 시선도 적수한을 향해 무심하게 쏘아져 오고 있었다.

적수한은 순간적으로 가슴이 철렁 내려앉는 느낌을 받았다. 십 장 가까운 거리를 격하고 있었지만 텅 빈 듯한 눈에서 뿜어져 나오는 안광이 온몸 기혈을 들끓게 했다.

무심한 듯하면서도 바위 같은 중압감을 느끼게 하는 눈빛!

적수한은 저놈이 철사홍보다 훨씬 더 위험한 놈이란 걸 절감했다. 그런 위기감과 함께 일영주 진국동이 당했다면 틀림없이 저놈에게 당했으리란 생각이 섬전처럼 뇌리를 스쳐 갔다.

"개잡종들! 가문 무사들의 원수를 네놈들에게 갚겠다."

왼쪽 끝에 선 남궁찬이 이를 갈며 으르렁거렸다. 그의 눈에는 진국동의 습격을 받아 가주 남궁한이 치명적인 내상을 입고 또 가내무사들을 수십 명씩이나 잃어버린 원한이 넘쳐흘렀다.

유진룡은 여전히 무심한 눈길로 밀영의 무리들을 쳐다보았다.

진국동 일행을 처치하면서 놈들 일행이 뒤따르고 있음을 느꼈다. 그래서 그들과 합류한 진국동이 소주 지부와 소향상회로 들이닥칠 것이란 계획도 진국동의 입을 통해 들었다.

제갈세가로 가기 전에 이들을 먼저 처치해야 했다.

그 행보에 철사홍과 주애청이 동참했고 남궁세준과 남궁찬이 남궁가의 무사들과 함께 왔다.

그리고 정가장의 정조휘가 가문의 검대들을 데리고 합류했다.

"당신들의 우두머리인 진국동은 죽었소."

유진룡이 천천히 적수한을 향해 나서며 말했다.

"죽일!"

예상하고 있던 일이 완전한 확신으로 바뀌자 적수한의 눈에서 불꽃이 튀었다. 그 불꽃은 곧 이글거리는 살기로 바뀌며 사방을 자욱하게 감쌌다.

남궁세가와 정가장의 무사들이 움찔 몸을 떨었다. 만약 그들만 왔다면 살기만으로도 기세가 꺾이고 숨이 막혀 물러날 정도였다.

"모조리 쳐 죽이겠다!"

남궁찬이 살기를 풀풀 날리며 검을 뽑아 들었다. 그를 따라 남궁세가의 무사들도 일제히 검을 뽑았다.

"불나방들!"

적수한의 뒤에서 조소 어린 말소리가 흘러나왔다.

숫자는 많았지만 저들 중에서 자신들을 당할 수 있는 자들이 얼마나 있을지 가소롭다는 생각이 든 이조장 담사헌의 비웃음이었다.

앞줄에 선 몇 놈만 저지하면 뒤에 도열해 있는 놈들은 스스로 무너질 것이다. 그런데도 숫자만 믿고 설치는 꼴이 우습다는 생각이 든 것이다.

"망설일 것 없소. 모두 쓸어버리고 소주 지부마저 무너뜨립시다. 그래서 일영주의 원수를 갚고 사라집시다."

이조장 담사헌은 당장에라도 앞으로 쳐나갈 듯 으르렁거렸다. 그를 따라 그의 조원들의 몸에서 피어오른 살기가 파도처럼 일렁거렸다.

"그건 우리가 할 소리!"

세 조장의 의견이 모아지기도 전에 벼락같은 고함이 들리며 철사홍이 훌쩍 몸을 날렸다.

한 마리 곰처럼 큰 덩치가 믿어지지 않는 속도로 쏘아져 오자 대기가 압축되는 듯한 느낌이 들었다.

"쳐라!"

일조장 적수한이 부하들을 향해 명령을 내렸다.

휘익—

획—

기다리고 있었다는 듯 밀영대의 사내들이 철사홍과 남궁찬을 향해 마주쳐 나갔다.

그런데 그들과 제일 먼저 마주친 사람은 유진룡이었다.

분명 고함과 함께 철사홍의 신형이 먼저 움직였는데 거짓말같이 유진룡의 신형이 제일 먼저 휩쓸어오고 있었다.

우우웅!

유진룡의 손에서 무거운 진동음이 울렸다. 뒤이어 그것은 한줄기 폭음과 함께 세찬 경기로 뻗어 나왔다.

퍼퍼펑—

철고(鐵鼓)가 터져 나가는 소리가 나며 제일 앞서 나가던 세 명의 사내가 용수철에라도 부딪친 듯 세차게 팅겨 나왔다. 선명한 핏줄기가 꼬리처럼 그들을 뒤따랐다.

장력에 휩싸인 채 바닥을 뒹구는 그들의 모습은 이미 산 사람이 아니었다. 칠공을 통해 터져 나오는 피는 분수를 방불케 했다.

그러나 그것은 시작에 불과했다.

"하앗!"

일갈과 함께 유진룡의 신형이 땅을 박차고 다시 도약하며 팽이처럼 맴돌았다.

퍼퍼퍼퍽!

이번에는 유진룡의 발과 주먹에 걸린 네 명의 사내가 끈 떨어진 연처럼 사방으로 날아갔다.

쌔애액—

유진룡의 뒤를 이어 철사홍의 쾌검이 섬전처럼 허공을 갈랐다.

핏물이 솟구치며 가슴이 쩍 갈라진 사내가 속절없이 뒤로 넘어갔다.

그 사이로 남궁찬과 남궁세준, 그리고 정조휘가 검을 휘두르며 스며들었고 그 뒤를 남궁세가의 무사들과 정가장의 무사들이 달려나와 밀영대와 뒤섞였다.

퍼퍼퍼퍽!

다시 네 가닥의 파육음이 터졌다.

유진룡의 주먹과 발에 걸린 밀영대의 몸에서 터져 나오는 소리였다.

그리고 그 소리 뒤에는 어김없이 선명한 핏줄기가 튀어 오르고 핏줄기의 주인들은 시신이 되어 나뒹굴었다.

"저놈!"

일조장 적수한이 손짓과 함께 유진룡을 향해 날아들었다.

그 뒤를 따라 이조장 담사헌과 삼조장 추하문이 같이 몸을 날렸다. 순식간에 열 명이 넘는 부하가 쓰러졌다. 때문에 전열이 흐트러지고 있었다.

제일 앞에서 치고 나오는 저놈들만 아니라면 신경 쓸 것이 없었다. 뒤를 따르는 놈들은 부하들의 상대가 아니었다. 제일 앞의 놈들, 특히 유진룡이란 저놈 때문에 부하들이 추풍낙엽처럼 쓰러지고 쑥대밭이 되고 있었다. 다른 놈들은 부하들의 손에 벌써 여럿이 쓰러지거나 뒤로 밀리고 있었다.

저놈을 자신들 세 사람이 합공하여 쓰러뜨려야 승산이 있었다.

그것이 적수한의 사태 판단이었고 나머지 두 조장도 마찬가지의 생각으로 유진룡을 향해 날아들었다.

유진룡은 자신을 향해 짓쳐드는 세 명의 조장을 보며 훌쩍 몸을 솟구쳤다. 철사홍도 육중한 몸을 비호처럼 날리며 적수한을 맞받아쳐 갔다.

뱀을 잡기 위해 머리를 먼저 쳐야 하는 것이다. 비록 진국동과 그의 호위들이 없다고는 하지만 이들은 밀영이라는 도천극의 정예였다. 시간이 가면 갈수록 피해가 커질 테니 최대한 빨리 뱀의 머리를 쳐버리고 몸뚱이를 무력화시켜야 하는 것이다.

쉬이익—

허공에 솟구쳤던 유진룡의 몸이 땅에 내려서자마자 왼쪽

측면에서 한가닥의 경기가 날아들었다.

이조장 담사헌이 뿌린 검기였다.

'역시 밀영!'

유진룡이 속으로 감탄사를 터뜨렸다.

검에 내력을 실어 이처럼 검기로 뿌려댈 수 있는 사람들이라면 절정고수의 수준이란 말이다. 진국동과 같이 있던 네 명의 부하 중에도 그런 인간들이 있었고, 이들도 마찬가지였다.

이들 세 명이 진국동과 함께했던 네 명의 호위보다 오히려 강해 보였다. 이들이 건재하는 한 밀영은 여전히 위험한 존재였다.

유진룡은 손바닥을 활짝 펼쳐 담사헌이 뿌린 검기를 향해 때려 나갔다.

담사헌의 눈에서 그런 유진룡을 향해 미친놈이라는 생각이 숨김없이 흘러나왔다.

유진룡의 손바닥에서 번쩍! 하고 한 송이 꽃의 모양을 한 기운이 솟아올랐다.

천산의 돌산 꼭대기에서 만년석정수가 두꺼운 얼음을 뚫고 피워 올리던 그 꽃송이였다. 그것이 유진룡의 손바닥에서 그때의 그 모습으로 피어오르고 있었다.

콰앙!

은색 꽃 모양을 한 기운이 검기에 부딪치며 시퍼런 검기를 소멸시켰다. 그리고 그 기운은 담사헌의 검을 타고 손목으로,

팔로, 뒤이어 심장까지 스며들었다.

담사헌은 쇠몽둥이가 심장을 두드리는 듯한 충격에 두 눈을 부릅뜨며 몇 걸음이나 뒤로 물러났다.

"크윽!"

겨우 걸음을 멈춘 담사헌이 답답한 비명과 함께 울컥하고 한 모금의 선혈을 토해냈다. 그리고는 바닥에 털썩 주저앉았다.

'저건 또 뭔가?'

남궁세준이 연신 검을 휘두르며 경악성을 삼켰다.

이틀 전 진국동을 처치하던 유진룡의 무위를 보며 기절초풍할 듯 놀란 가슴이 아직 진정되기도 전이었다.

그런데 그의 가슴은 또 한 번 속절없이 진탕될 수밖에 없었다.

진국동과 그의 호위들을 쓰러뜨리던 유진룡의 무위는 끔찍스러울 정도로 파괴적이었다. 대신 그것은 제대로 다듬어지지 않은 거친 바위 같았다. 그래서 상대를 쓰러뜨린 후 그 역시 창백한 얼굴색으로 바위 뒤에서 두 시진 동안 운기조식을 했다. 그 시간 동안 남궁세준은 내내 호법을 섰고 가문의 무사들은 주변의 흔적을 지워 나갔다.

그런데 겨우 이틀이 더 지난 오늘은?

뭔가 또 달라진 것 같았다.

거칠었던 바위는 매끄럽게 조탁되어 보였고, 폭급하게 터져 나오던 기운은 훨씬 더 절제되고 날카롭게 느껴졌다.

'저 정도면……'

남궁세준은 날아오는 검을 쳐내고 그 사이로 신속히 검첨을 찔러 넣었다.

서걱하는 익숙한 느낌과 함께 심장을 찔린 사내가 입을 딱 벌리며 뒤로 넘어갔다.

'피해가 최소한으로 줄어들겠군.'

남궁세준은 벌써 몇 곳에서 쓰러진 가내무사들을 쳐다보며 맹렬히 검을 휘둘러 갔다.

까앙—

철사홍의 쾌검이 적수한의 검과 어울리며 잘라 버릴 듯 쳐 나갔다.

적수한은 철사홍의 청룡검이 뿌리는 시린 검기에 주춤 뒤로 물러섰다.

한눈에 보기에도 보검이었다. 그런 보검이 철사홍의 타고난 신력과 어우러져 부딪칠 때마다 적수한의 검을 한 조각씩 잘라 나갔다.

"후후! 이젠 네놈 몸뚱이도 같이 잘라주마!"

이를 드러내며 웃은 철사홍이 벼락같이 청룡검을 그어내렸다.

쨍!

적수한의 검이 철사홍의 쾌검에 부딪치며 한 뼘쯤 또 잘려

나갔다.

씨이잉—

철사홍의 쾌검이 다시 반대의 궤적을 그리며 날아왔다.

적수한이 필사적으로 철사홍의 검을 쳐내며 급급히 뒤로 물러났다.

겨우 철사홍의 쾌검을 비껴냈지만 쇠가 잘리는 소리가 나며 적수한의 검은 이젠 반으로 줄어들었다.

이를 악문 적수한이 반 토막 난 검을 철사홍의 목을 향해 던졌다.

"최후의 발악을 하는구나, 도천극의 개."

날아오는 검을 쳐낸 철사홍이 번쩍 쾌검을 뿌렸다.

"크윽!"

어깨에서 심장까지 쩍 갈라진 적수한이 고목처럼 뒤로 넘어갔다.

"또 누구냐?"

피를 뒤집어쓴 채 고함을 지르는 철사홍이 적수한의 몸뚱이를 뛰어넘으며 정가장의 무사들과 싸우는 밀영대를 향해 야차처럼 쏘아져 나갔다.

"하앗!"

추하문이 우뢰와 같은 고함을 지르며 유진룡을 향해 감산노(坎山刀)를 휘둘러 왔다.

산을 허물어뜨릴 듯한 위력을 내포한 감산도가 강맹한 기운을 내뿜으며 유진룡이 뿌린 장력을 잘라갔다.

까가강—

감산도에서 바위를 두드리는 듯한 파열음이 터져 나왔다.
그리고는 감산도의 앞부분이 뚝 부러져서 허공으로 튕겨 올
랐다.

"으음!"

한줄기 침음성을 터뜨리며 추하문은 멍하니 자신의 감산
도를 내려다보았다.

내력을 주입하면 쇠기둥이라도 두부 자르듯이 자를 수 있
는 독문병기였다. 그런데 그것이 무형의 기운에 부딪쳐 부러
져 나간 것이다.

이조장 담사헌이 단 한 번의 격돌에 주저앉아 버린 것이 결
코 우연이 아니었다. 자신의 팔에 있는 기경혈맥도 세차게 요
동치고 있었다.

휘익—

진탕된 혈맥을 다스릴 여유도 없이 유진룡의 신형이 추하
문을 향해 다시 덮쳐들었다.

추하문이 연방 뒷걸음질을 치면서 끝이 부러져 니긴 감산
도를 휘둘렀다.

우웅—

유진룡의 손바닥에서 다시 한줄기 꽃송이가 피어올랐다.

은색 영롱하면서도 시린 얼음 같은 기운을 뿜어내는 꽃송

이였다.

그 꽃송이가 점점 커지는가 싶은 순간, 꽃잎이 폭죽처럼 비산하며 추하문의 전신을 덮쳐 왔다.

뒷걸음질을 멈춘 추하문이 미친 듯이 감산도를 휘둘러 파편처럼 덮쳐 오는 꽃송이들을 쳐냈다.

까가가강—

고막을 찢을 듯한 쇳소리가 사방으로 터져 나갔다. 그리고 추하문의 감산도에서 불통이 튀듯 연신 불꽃이 작렬했다.

"크윽!"

추하문이 비명을 질렀다.

다 쳐내지 못한 꽃송이 몇 개가 어깨와 허리, 허벅지를 파고들었고, 그곳에서부터 쇠망치로 두드린 듯한 통증이 온몸으로 번져 나갔다.

쨍—

더 이상 감산도를 들 힘이 남아 있지 않은 추하문이 팔을 부르르 떨며 감산도를 떨어뜨렸다. 무방비 상태가 된 추하문의 가슴을 향해 유진룡의 주먹이 다시 파공음을 울리며 파고들었다.

"크윽!"

추하문이 비명을 터뜨리며 튕기듯 뒤로 물러났다. 그의 입에서는 붉은 선혈이 폭포수처럼 흩뿌려지고 있었다.

세 명의 조장이 죽거나 회복불능의 상태가 된 것을 확인한 유진룡은 훌쩍 몸은 날렸다.

뱀의 목을 쳐냈으니 이젠 조금만 더 휘저으면 이 싸움은 끝이 난다. 그새 남궁가와 정가장의 무사들이 여러 명 쓰러져 있었다.

파앗―

유진룡은 정가장의 무사들을 향해 쾌속하게 검을 뿌리는 사내의 미간으로 주먹을 뻗었다.

한가닥 파공음과 함께 무형의 기운이 공간을 격하고 뻗어나갔다.

퍼억―

밀영 무사의 머리가 갑자기 수박처럼 깨지며 뇌수와 피가 허공으로 터져 올랐다. 그리고는 남은 여력에 휩쓸려 뒤로 날려갔다. 그와 상대하던 정가장 무사가 멍하니 서 있었다. 죽음 직전에서 살아난 그의 의식은 아직까지 저승 문 앞에 서 있는 듯했다.

우우웅―

유진룡은 두 주먹을 한 번에 들어 올리며 동시에 네 번을 거듭 쳐나갔다.

퍼퍼퍼펑―

유진룡의 양주먹에서 네 개의 파열음이 거의 동시에 터져 나왔다.

"크윽!"

“큭!”

거의 십 장 거리를 격하고 있던 사내들 입에서 연신 비명이 터졌다. 그들의 가슴이 함몰되어 내리며 하나같이 입에서 붉은 선혈들이 터져 나왔다.

마웅탁이 준 서책 속에 언급된 무형권이 처음으로 그 위력을 발휘한 것이다.

“크윽!”

“크으윽!”

동시에 여덟 명의 사내가 선혈을 쏟으며 비틀거리자 싸움의 양상이 급격히 바뀌어가기 시작했다.

철사홍과 남궁세준, 남궁찬 등에 의해 많이 줄어들긴 했지만 여전히 정가장과 남궁세가의 무사들을 가차없이 베어 넘기던 밀영의 사내들이었다. 그들이 유진룡이 뿌린 무형권의 위력에 주춤거리자 자연 그들의 검이 무뎌졌고 그 안으로 유진룡의 신형이 백호처럼 도약하며 뛰어들자 대혼란이 일기 시작했다.

번쩍!

이젠 정가장과 남궁세가의 무사들이 뿌리는 검도 처음보다 배는 날카롭게 밀영대를 향해 뿌려졌다.

“퇴각하라!”

마침내 누군가 고함을 질렀다.

목을 잃은 뱀은 더 이상 힘을 쓰지 못하고 일방적으로 당할 수밖에 없는 것이다.

남아 있던 밀영대가 즉시 검을 거두고 몸을 날리기 시작했다.

"개 같은 놈들! 어딜 도망가느냐?"

남궁찬이 그들을 향해 미친 듯이 검을 휘둘렀다. 그의 검에 한 사내가 걸리며 허리가 길게 갈라졌다. 그러나 이를 악문 사내는 그대로 몸을 날렸다.

휘익―

획―

거의 오분지 일로 줄어든 밀영대가 순식간에 빠져나가고 치열했던 싸움이 멈추어졌다.

"개자식들! 도망치는 기술도 일품이구나."

남궁찬이 아직도 분이 풀리지 않은 모습으로 땅을 걷어찼다.

다섯 명도 넘게 베어 넘겼지만 그 정도로는 성에 차지 않았던 것이다. 마음 같아서는 모조리 자신의 손으로 베어 넘기고 싶었지만 놈들의 무위가 절대로 만만치 않았다.

대부분 일류고수의 수준이었고 우두머리 세 명은 자신과 버금갔다.

'대체 이놈들은?'

죽거나 바닥에 쓰러져 뒹굴고 있는 밀영대를 쳐다보며 남궁찬은 진한 두려움을 느꼈다.

이들이 애초에 진국동과 함께 남궁세가로 쳐들어왔다면 남궁세가는 엄청난 피해를 입었을 것이다. 목을 잃고 몸통만 남았어도 이 정도인데 목이 고스란히 남아 있었더라면 지금보다 몇 배는 더 위협적이었을 것이고, 그런 그들이 남궁세가를 덮치는 모습은 상상만 해도 진저리쳐졌다.

"어서 형님이 회복되어야 할 텐데……."

낮게 중얼거린 남궁찬은 긴 한숨을 내쉬었다.

"난 당분간 소주를 떠나야 하네. 그러니 내 사형을 도와 소향상회를 부탁하네."

유진룡은 싸움이 끝나자마자 떠날 준비를 하며 남궁세준에게 소향상회를 지켜줄 것을 부탁했다. 사형 철사홍이 있으니 적이 안심이 되었지만 정도맹 소주 지부에 있는 남궁가주와 남궁세준이 지켜준다면 더욱 안심이 될 터였다.

"대체 또 어디로 간단 말인가?"

숨 돌릴 겨를도 없이 이별을 하려는 유진룡을 보며 남궁세준은 기막힌 표정을 지었다. 세상에 이렇게 바쁜 사람도 없을 것이라는 생각이 절로 든 것이다. 처음 만났을 때부터 한시도 편하게 지내지 못하고 온 세상을 바람처럼 떠돌아다니던 모습만 보았는데 이번에도 마찬가지였다.

"급히 가보아야 할 데가 있네. 한시도 지체할 수 없으니 여기서 헤어져야겠네."

유진룡은 한시가 급한 듯 서둘렀다.

“사제… 정말…….”

주애청이 안타까운 눈으로 유진룡을 쳐다보았다.

어디로 가는지는 알 수 없었지만 유진룡이 왜 떠나려는지는 알고 있기에 절로 가슴이 답답해 왔다. 어쩌면 동생들을 위해 평생 저렇게 살지도 모른다는 생각이 든 것이다.

“내가 같이 가면 안 되겠나?”

철사홍이 다시 한 번 유진룡의 의향을 물었다.

“은밀히 가야 하는 곳입니다. 사형과 같이 다니면 온 세상의 이목을 다 끌고 가는 것이나 마찬가지입니다. 그리고 사형이 소향상회에 계셔야 제가 안심하고 떠날 수가 있습니다.”

“휴—”

철사홍이 긴 한숨을 내쉬었다.

“부탁합니다, 사형. 그리고 사저!”

고개를 한 번 숙인 유진룡은 성큼 등을 돌렸다.

“정말… 자네하곤 술 한잔을 같이할 여유가 없군.”

멀어져 가는 유진룡을 보며 남궁세준이 뒤에서 고함을 쳤다.

“돌아오면 그땐 밤을 새워 마시도록 하세.”

유진룡의 목소리가 어느덧 가물거리며 멀어졌다.

第百五章
혈풍(血風)의 서막(序幕)

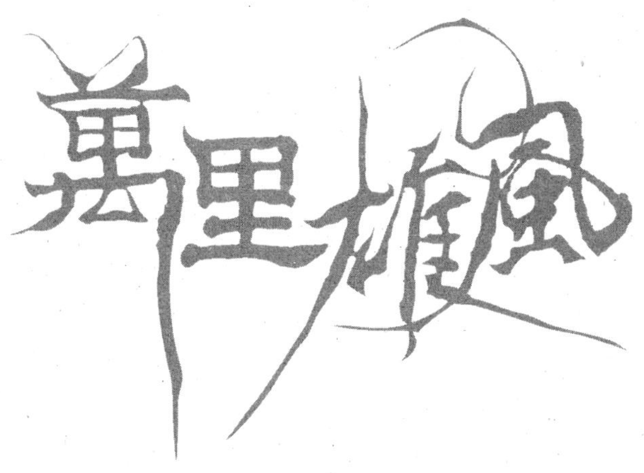

"**남**궁한이 주화입마에 빠졌다… 그리고 일영대가 아직까지 연락 두절이라……."

한 장의 보고서를 펼쳐 든 사내가 풀리지 않는 문제를 음미하듯 읊조렸다.

"남궁한이 주화입마에 빠진 것은 조금도 이상할 것이 없다. 그런데 진국동 일영주기 제일밀영대와 함께 연락 누절된 것은 도저히 이해가 가지 않는다."

사내는 고개를 갸웃거리며 말했다.

"혹, 같이 양패구상이라도 당한 것이……."

옆에서 한 청년이 조심스럽게 의견을 피력했다.

"그럴까?"

사내가 청년을 바라보며 슬쩍 미소를 지었다. 왠지 섬뜩하게 느껴지는 그 미소에 청년은 목을 움츠렸다.

"예전의 진국동이라면 그럴 수도 있겠지. 하지만 지금은 아니지. 남궁한 같은 고수 두 사람을 한꺼번에 상대했다면 또 모르겠지만… 후후!"

사내는 자신감 어린 미소를 지으며 태사의 뒤로 등을 기댔다.

화려하다 못해 눈이 부실 정도로 치장을 한 태사의가 사내의 화려한 외모를 더욱 빛나게 해주었다.

사내는 흑사련주 도천극이었다.

전 련주 목채군을 쓰러뜨리고 새로운 흑사련의 련주가 된 그는 이제 흑사련을 완전히 장악하고 이렇게 태사의에 오연히 앉아 있는 것이다.

찬탈하다시피 련주 직을 차지한 처음에는 원로들과 몇몇 당주가 불복의 빛을 보이기도 했었다. 그때마다 도천극은 전 흑사련도가 보는 앞에서 비무를 벌였고 회생 불능으로 그들을 꺾어버렸다.

강호는 그 무엇보다 힘이 앞서는 세상이었고 흑도 방파에서는 그것이 더욱 심했다.

열 번에 이르는 비무에서 열 명의 고수가 폐인이 되거나 전 련주 목채군을 따라가 버렸을 때쯤에서야 더 이상 아무도 불복의 눈빛을 하는 사람이 없었다. 모두들 허리를 깊이 꺾었고 속으로야 어떨지 몰라도 겉으로는 완전한 충성을 맹세했다.

그런 식으로 완전히 흑사련을 장악한 도천극과 혈노는 그간 숨겨왔던 자신들의 뜻을 서서히 구체화시켜 가고 있는 중이었다.

"그동안 날씨가 어땠나?"

태사의에 등을 기댄 도천극이 청년에게 물었다.

"조금 안 좋았습니다. 이틀 정도 폭풍우도 일었고……."

청년이 창밖을 한 번 쳐다보며 답했다.

"그럼 전서구가 변을 당했을 수도 있겠군?"

아직 제일밀영대가 괴멸되었다는 소식은 도착하지 않아 정확한 상황 판단을 못한 도천극이 그런 짐작을 하며 고개를 끄덕였다.

"그럴 수도……."

청년이 말끝을 흘렸다. 전에는 이보다도 더한 악천후가 있었지만 특별히 훈련된 전서구들은 잘못된 적이 한 번도 없었던 것이다.

"그럼 이틀만 더 기다려라. 추가적인 소식이 올 것이다."

도천극은 진국동의 변고는 절대로 인정할 수 없다는 듯 확신 어린 어조로 지시를 내렸다.

"알겠습니다."

청년이 깊이 고개를 숙였다.

“그만 나가보아라.”

도천극의 지시에 청년이 부복한 채 밖으로 나갔다.

“태양천가의 남은 가지는 아직 파악이 되지 않았나?”

빈 허공을 향해 도천극이 질문을 던졌다.

스스스―

연기가 피어나듯 한 인영이 바닥에서 솟아올랐다.

혈노처럼 온몸을 외투로 가린 사내였다. 다른 것이 있다면, 그 외투가 흑색이 아니라 티끌 하나 묻지 않은 백색이라는 것이었다. 누군가 야밤에 외진 곳에서라도 만나면 귀신을 봤다고 기절초풍할 만한 모습이었다.

“워낙 은밀한 놈이라 아직 알아내진 못했지만 조만간 꼬리를 잡을 수 있을 것입니다.”

사내가 잠시 뜸을 들였다가 덧붙였다.

“그놈은 틀림없이 제갈세가로 갈 것입니다. 진국동 일영주에게서 소식이 오면 그건 더욱 확실해질 것입니다. 남궁한에게 직접 가지 않았다면 그놈은 분명히 제갈세가로 갔을 겁니다. 어디로 가든 그놈은 잡힐 수밖에 없습니다. 제갈세가로 가는 길목은 이영주와 삼영주, 그리고 밀영대원들이 물샐틈없이 지키고 있으니까요.”

사내는 확신 어린 어조로 답했다.

“제갈가라…….”

도천극은 흥미롭다는 표정으로 나직하게 읊조렸다.

“유유상종이란 말인가?”

도천극의 입가에 미소가 어렸다.

“그럴 수도 있겠지요. 제갈세가 역시 두뇌로 따지자면 타의 추종을 불허하는 곳이니까요. 그곳에서 무슨 음모를 꾸밀 수도 있겠지요. 그렇게 되면 일이 더욱 복잡해집니다. 그전에 꼭 잡겠습니다.”

사내는 자신있게 답했다.

“혹시 못 잡으면 제갈가와 함께 쓸어버리도록 하면 되겠군!”

도천극이 슬쩍 사내의 표정을 보며 말했다.

“그건 문제가 됩니다. 제갈가는 현재 황실과 돈독한 관계를 맺고 있습니다. 그들에게 무슨 일이 일어나면 황실이 가만 있지 않을 것입니다. 그러면 일이 몇 배로 어려워집니다. 제갈세가는 삼왕야와의 일을 성공시킨 후에라도 늦지 않습니다.”

사내는 혹시라도 도천극이 성급하게 무슨 일을 저지를지 몰라 걱정하는 표정으로 빠르게 설명했다.

“그런가? 그럼 삼왕야와의 일을 최대한 빨리 매듭지이야겠군.”

도천극이 고개를 끄덕였다.

“빠를수록 좋습니다.”

백의사내가 약간의 조바심을 드러내며 답했다.

"알겠네. 그 일은 최대한 빨리 추진할 테니 자넨 그놈을 잡는 데 총력을 투구하게."

도천극이 백의사내에게서 눈길을 거두고 서류 쪽을 쳐다보았다.

"잘 알겠습니다."

백의의 사내가 고개를 숙였다. 그리고는 유령처럼 그 자리에서 사라졌다.

"풍현을 불러라."

도천극이 밖을 향해 소리쳤다.

"존명!"

밖에서 짤막한 대답 소리가 들리고 잠시 후 한 인영이 문을 열고 들어섰다.

조금 전 사라졌던 인영과는 정반대의 인물이었다.

반듯하게 손질된 머리에는 영웅건을 묶었고 그 영웅건 복판에는 메추리알만 한 보석 하나가 박혀 영롱한 빛을 발하고 있었다.

얼굴 또한 송옥, 반안에 비유될 만큼 준수했고 의복도 궁궐을 드나드는 벼슬아치처럼 화려했다.

"부르셨습니까?"

풍현이라 호칭된 사내가 한쪽 무릎을 바닥에 꿇은 자세로 말했다.

"삼왕야와의 일은 얼마나 진척이 되었나?"

도천극은 약간은 낮아진 음성으로 물었다.

"여전히 신중한 자세를 취하고 있습니다."

사내가 답했다.

"음흉한 늙은이!"

도천극이 이마에 가득 주름살을 만들며 중얼거렸다.

"돌다리도 두들겨 보고 건너겠다, 그 말인가?"

도천극이 혼잣소리처럼 말했다.

"묵사역 전 교주님과 추진하다가 갑자기 전 교주님이 작고 하시고 새로운 교주님으로 바뀌니 신중을 기하는 것 같습니다."

사내가 덧붙였다.

"그런 모양이군. 늙으면 혈기가 줄어들어 겁이 많아지게 마련이야. 그래서 망설여지겠지. 하지만 정도무림이 추풍낙엽처럼 쓰러지게 되면 생각이 바뀔 것이다. 그땐 보석을 수레에 싸 들고 찾아올 것이다. 오늘의 불쾌함을 그때 가서 되돌려주도록 하고 당분간은 계속 당근을 던져 주며 회유해야겠군."

도천극은 고개를 끄덕이며 품에서 봉서 하나를 꺼냈다.

"이것을 삼왕야에게 보내라. 그러면 구미가 당겨 마음이 돌아설 것이다.

도천극은 봉서를 사내에게 건넸다.

사내는 조심스럽게 봉서를 받아 품속에 갈무리했다. 그리고는 도천극을 정시했다.

그의 눈에 궁금증 한가닥이 어렸다.

"황금 오백만 냥일세. 그것이면 능구렁이 같은 삼왕야도 눈이 뒤집힐 걸세."

도천극이 화사한 미소를 지었다.

"언제 이런 걸……?"

관복의 사내가 놀란 표정을 했다.

"가문의 재산을 모두 털었다고 들었네. 아… 내 것이 아니고 작고하신 백부님의 유산이지. 그것으로 술이나 퍼 마시고 내 방식대로 할까 했는데… 곰곰이 생각해 보니 백부께서 추진하던 방법도 괜찮을 것 같더군. 그래서 계승하기로 했네."

도천극이 슬쩍 입맛을 다셨다.

"그렇지요. 돈이면 귀신도 부리지요. 또 돈이란 것은 돌고 도는 것인지라 삼왕야가 황실의 주인이 되고 련주께서 무림의 주인이 되면 그 열 배로 되돌려 받을 수……."

관복의 사내가 말을 끝맺지 못하고 입을 다물었다. 한가닥 날카로운 경기가 전신을 옥죄어왔기 때문이다.

"죄송합니다. 그 생각만 하면 너무 흥분이 되는지라……."

관복사내가 급히 머리를 숙였다.

"자넨 다 좋은데 한 번씩 너무 앞서 가는 게 탈일세."

도천극이 가볍게 혀를 찼다.

"각별, 또 각별히 조심하겠습니다."

사내가 깊이 허리를 숙였다.

“어서 움직이게.”

도천극이 손을 내젓자 관복의 사내가 부복한 후 실내를 벗어났다.

“흐음!”

혼자만 있게 되자 도천극이 한줄기 한숨을 내쉬었다.

자신이 일으킨 물결이 서서히 풍랑을 일으키며 세상의 복판으로 밀려가고 있었다. 아직은 그 물결이 표시 나게 거세지는 않았지만 조금만 지나면 큰 파도가 되고 마침내 거대한 해일이 되어 세상을 휩쓸 것이다.

그 혼란한 세상 속에서 자신의 야망을 이루고 세상에 꼭대기에 우뚝 서게 될 것이다.

그것을 생각하자 가슴이 세차게 뛰며 전신의 피가 주체할 수 없을 정도로 혈관을 질주했다.

“후욱—”

사자후라도 터뜨릴 것 같은 심정을 거센 날숨 한 번으로 잠재운 도천극은 마음을 가라앉혔다.

아직까지는 해야 할 일이 많았고 성사시켜야 할 일도, 운을 다고 성사되이 주이야 할 일도 많았디. 그건 기디림 속에서 완성되어질 것이기에 인내를 요구했다.

도천극은 한 번 더 긴 한숨을 토했다.

“가주!”

밖에서 인기척이 들렸다.

도천극은 벌떡 태사의에서 몸을 일으켰다.

자신을 련주라 부르지 않고 가주라 부르는 사람은 혈노뿐이었다.

"어서 오시오, 혈노!"

도천극은 손수 문을 열었다.

마주한 혈노의 얼굴이 더욱 붉어져 있었다.

"완성했습니다, 가주."

병 하나를 치켜든 혈노가 서서히 입꼬리를 비틀었다. 평생 지어보지 못한 듯한 어색한 미소였다.

"그렇습니까? 정말 고생 많았습니다, 혈노. 하하하!"

도천극은 환한 미소를 터뜨렸다.

자신이 일으키고 있는 파도를 순식간에 세 배는 거세게 증폭시켜 줄 물건이 완성된 것이다.

천인혈독의 완성!

비록 도천극 자신의 기질에는 맞지 않았지만 태양천가의 후손이 사라지지 않았고 또 그가 무림세가들과 연합을 꾀하며 움직이는 상황에서 천인혈독은 꼭 필요한, 아니, 절대적인 열쇠 역할을 할 물건이었다.

무력으로 정파무림을 꺾는 것은 전 흑사련의 힘과 숨겨진 힘을 합치면 충분히 자신있었다. 그러나 그곳에 태양천가의 힘이 합쳐진다면 불가능하다고 했다.

백부로부터, 그리고 혈노로부터 귀가 따갑게 들었고 세뇌

당하다시피 했다. 그래서 온갖 고생을 하며 천인혈독을 만든 것이다. 이것으로 무림의 힘을 십분지 일로 축약시켜 버리고 대신 자신들의 힘을 그만큼 증대시키면 세상은 자신의 것이 될 것이다.

"긴 기다림이었습니다."

병을 받아 든 도천극이 코를 갖다 대며 말했다.

"잘 참아주셨습니다, 가주! 이제부터 가주께서 하고 싶은 대로 마음껏 날개를 펼치십시오. 더 이상 아무것도 거칠 것이 없습니다."

혈노는 더욱 괴상한 미소를 피워 올렸다.

"그래야지요. 우선 사천부터 휩쓸어야겠습니다. 제일 먼저 당문을, 그다음으로는 청성과 점창, 그리고 아미를 우리 아래 에 무릎 꿇리겠습니다."

도천극이 고조된 음성으로 말했다.

"천인혈독이 완성된 이상 한 달이면 가능합니다. 이젠 파 황마령대의 힘도 밖으로 끌어내야 하겠습니다."

혈노는 거듭 고개를 끄덕였다.

그르릉—

바위가 서로 부딪치며 굴러가는 듯한 소리와 함께 육중한 석문이 열렸다.

이윽고 석문 뒤에서 두 사람이 모습을 드러냈다.

혈노와 도천극이었다.

두 사람은 천천히 지하 석실로 내려왔다.

지하 석실은 예전에 도천극의 백부 묵사역이 천약탕 속에 머무르던 그곳이었다.

묵사역이 한 줌 잿더미로 사라진 지금 천약탕은 치워지고 그곳에는 정방형 탁자 하나가 대신 자리 잡고 있었다.

"흠!"

한줄기 한숨과 함께 도천극은 묵사역이 있던 정방형 탁자 아래를 내려다보았다.

도천극의 입가에 차가운 조소 한자락이 피어올랐다. 도천극 자신의 육신을 통해 되살아나서 세상을 굽어보려고 했던 백부!

그것을 위해 십오 년 세월을 천약탕이란 한 평 연못 속에서 참고 기다렸지만 그 꿈이 모두 헛되고 말았다.

그 오랜 인고의 시간과 크나큰 야망은 모르는 바 아니었지만 조카의 몸을 이용한다는 계획은 애초에 잘못된 것이다. 그렇게 이용하기엔 조카를 너무 몰랐던 것이다.

'조카를 조금만 더 자세히 파악했더라면 백부 당신이 이길 수도 있었을 것이오.'

속으로 중얼거린 도천극은 잠시 진저리를 쳤다.

만약 백부의 파황섭혼술이 성공했더라면 하는 생각이 뇌리를 스쳐 지나간 것이다. 그렇게 되었더라면 자신의 영혼은 흔적없이 사라졌을 것이고 백부의 영혼이 이 자리에 서 있을 것이다.

"당신의 성취는 고맙게 이어받아 모두 내 힘으로 사용하겠소."

도천극은 더욱 차가운 미소를 입가에 흘리며 벽 한쪽으로 걸음을 옮겼다. 그곳에는 혈노가 먼저 자리하여 도천극을 기다리고 있었다.

도천극은 손을 뻗어 벽을 밀었다.

불끈 내력을 주입하자 벽 한쪽이 밀려나며 또 한 개의 공간이 펼쳐졌다.

도천극은 심호흡을 한 후 공간 속으로 몸을 들이밀었다.

"후우— 언제 봐도 놀랄 일이군요."

도천극은 묵사역이 머무르던 공간보다 수십 배는 더 넓은 공간을 보며 감탄사를 터뜨렸다.

예전에는 이 석실에 연결된 공간이 있는지도 몰랐다. 혈노와 백부 묵사역만이 알고 있었던 것이다. 다만 백부가 파황마령대라는 힘을 어디엔가 숨겨놓았다는 것을 알았는데, 그곳이 바로 여기였다.

묵사역이 한 줌 재로 사라지고 도천극을 새 가주로 모실 것을 맹세하고 난 후 혈노는 비로소 이 공간을 도천극에게 알려준 것이다.

지하 광장 중앙으로부터 더운 열기가 후욱 밀려들었다. 그 열기는 수련을 하고 있는 사내들의 몸에서 나는 열기였다.

곳곳에 횃불이 밝혀져 대낮처럼 환한 지하 공간에서 수백 명의 사내들이 수련에 열중하고 있었다.

이들이 바로 묵사역이 숨겨 놓은 파황마령대였다.

"숫자가 두 배는 더 늘어난 것 같군요."

도천극이 광장 전체를 한번 쓸어보며 의아한 표정을 지었다.

"밖으로 나가 있던 대원들이 거의 복귀한 상태입니다. 새로운 주인을 맞아야 하니까요."

"그렇군요."

도천극이 고개를 끄덕였다.

묵사역으로부터 도천극에 앞서 파황신공의 일부를 전수받은 이들은 밀영의 일원으로, 중원 곳곳에서 암약하기도 했고 일부는 혈우마령대라는 이름으로 흑사련을 건설하는 데 선봉이 되기도 했다. 그들이 이곳에 거의 모인 것이다.

"역시 백부는 대단한 사람이었소. 한 평 연못 속에 누워 있으면서도 이런 준비를 하다니."

도천극은 감탄사를 흘렸다.

"십 년이면 긴 기간이었지요. 가주를 만수조종의 제자로 보내놓은 후 전 가주는 와신상담의 세월을 보냈지요. 그때 만약……"

혈노가 얼른 입을 다물었다.

"후후!"

도천극이 낮게 웃었다.

"백부께서 내게 처음 파황섭혼술을 시작했던 십 년 전에 성공했더라면 지금은 더 큰 업적을 이루었을 것이라는 말인가요?"

도천극이 혈노의 심정을 읽은 듯 혈노를 돌아보며 말했다.

"그랬겠지만 이젠 아무 의미 없는 말이지요."

혈노가 속마음을 숨기지 않았다.

"하하하!"

도천극이 통쾌한 웃음을 터뜨렸다.

"역시 혈노는 솔직해서 좋소. 그런 사람은 뒤통수를 치지 않지요. 하하! 내가 백부보다 더 큰 업적을 이루면 전 가주에 대한 혈노의 미련이 깨끗이 사라질 수가 있겠지요?"

도천극이 화사한 미소와 함께 혈노에게 은근한 눈빛을 주었다.

"물론이지요. 그래서 제 원수를 갚을 수 있다면, 소신 견마지로를 다하지요."

혈노가 떨리는 음성으로 말했다.

"알겠소, 혈노. 혈노의 독과 백부가 준비해 놓은 힘으로 중원무림을 정복하고 백부께서 추진했던 일을 내가 그대로 이어받아 황제마저 우리가 원하는 사람으로 바꾸어놓는다면 포달랍궁 정도는 쉽게 쓸어버릴 수 있을 것이오. 그때 혈노는 예전의 권좌를 되찾고 난 나대로 영원한 묵가의 영광을 재현할 수 있을 것이오.”

도천극이 자신있게 말했다. 그의 말속에서 장막에 가려져 있던 혈노의 정체와 목적이 서서히 드러나고 있었다.

“하루빨리 그런 날이 오길 간절히 빌겠습니다.”

혈노가 깊이 허리를 숙이며 답했다.

“새로운 교주님을 뵙습니다.”

도천극과 혈노를 발견한 사내 하나가 급히 달려와 허리를 꺾었다.

웃통을 벗어젖힌 사내의 상체에는 온통 땀이 흘러내리고 있었다.

“새로운 교주라……”

도천극이 사내의 호칭에 거부감이 이는지 나지막하게 읊조렸다. 백부 묵사역은 이들에게 완벽한 교주 노릇을 하며 충성심을 자아내게 하고 천인혈독을 만들 수 있는 피까지 얻을 수 있었겠지만 자신은 교주로서는 전혀 생소했다.

“가주!”

혈노가 엄한 표정으로 도천극의 주의를 일깨웠다.

도천극이 고개를 끄덕인 후 사내를 직시했다.

스스스—

도천극의 눈에서 시뻘건 혈광이 어리며 등잔처럼 커져 갔다. 그것은 파황신공을 극성으로 끌어올렸을 때의 현상이었다. 그것을 본 사내의 허리가 더욱 깊게 꺾어졌다.

"그대들이여……."

공력이 가득 담긴 도천극의 목소리가 광장을 퍼져 나갔다.

수련에 열중하던 사내들이 모두 움직임을 멈추고 도천극을 향해 허리를 숙였다.

"기나긴 기다림의 시간은 오늘로 끝이 났다. 오늘부터 그대들은 혈우마령대의 이름을 벗어던지고 파황마령대의 이름으로 온 중원을 질주하게 될 것이다."

도천극의 목소리에 허리를 숙이고 있던 사내들이 서서히 상체를 일으켰다. 그리고는 두 눈 가득 혈광을 내뿜었다.

"우와아—"

사내들 입에서 우레와 같은 함성이 터져 나오며 광장이 진동하는 듯했다.

第百六章
당문혈사(唐門血事)

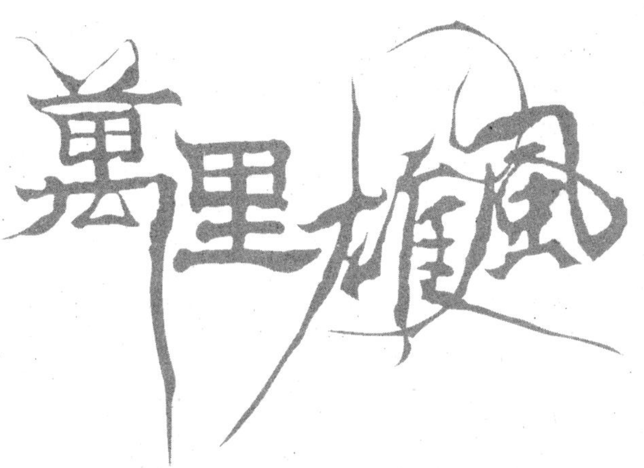

萬里雄風

쪼르릉—

쪼릉—

종달새 울음소리가 몇 차례 들렸다.

아직은 날이 밝지 않은 새벽인지라 그 소리는 생소하게 사
방으로 퍼져 나갔다.

그 생소한 소리와 함께 넷 채의 전각에서 불이 밝혀졌다.

그러나 그것도 잠시, 창문을 밝혔던 불은 즉시 꺼져 버리고
한 개의 마을만큼 넓은 사천당문은 짙은 어둠에 잠겼다. 그러
는 사이 종달새 울음소리도 멎고 괴괴한 적만만이 사천당문
의 모든 건물을 감싸고 있었다.

"뭔가, 이건?"

당문의 담장 밖에서 짙은 흑의를 걸친 사내가 눈썹을 꿈틀 거리며 신경질적으로 말했다. 그의 손에는 이상한 주머니 하나가 노리개처럼 들려 있었다.

"이상하군!"

흑의사내 뒤에 있는 중년인도 고개를 갸웃거렸다.

날이 밝기도 전에 종달새가 우는 것도 이상했고, 그 소리와 함께 몇몇 전각에 불이 밝혀졌다 꺼진 것도 이상했다.

불길한 예감이 잠시 사내의 뇌리를 스쳤지만 손에 든 주머 니가 경계심마저 날려 버리게 했다.

"즉시 쓸어버려야 할 곳! 담을 넘어라!"

흑의사내 뒤에 있던 중년인이 단호한 음성으로 명령을 내 렸다.

"존명!"

흑의사내가 짤막하게 답하고는 손을 흔들었다.

휘이익—

휘익!

어둠 속에 파묻혀 있던 수많은 인영이 사천당문의 높은 담 을 넘기 시작했다.

벽 중간을 평지처럼 한 번 박차고 재차 도약하여 월담을 하 는 사내들의 신법은 그야말로 한 마리 야조를 방불케 했다.

"이상하군!"

중년 사내가 다시 고개를 갸웃거렸다.

자신들의 침입이 은밀했지만 이건 너무 조용했다.

"함정이다. 모두 물러나라!"

뭔가를 느낀 중년인이 고함을 질렀다.

그때 갑자기 세상이 환하게 변했다. 당문의 담장 이곳저곳에서 한꺼번에 횃불이 당겨지며 대낮처럼 밝아진 것이다.

"이런!"

중년 사내가 침음성을 토했다.

자신의 짐작이 들어맞았지만 한발 늦은 것이다.

어떻게 당문이 자신들의 침입을 미리 알았는지 모르겠지만 놈들은 함정을 파고 기다리고 있었던 것 같았다. 종달새 울음소리는 경종이었던 것이다.

'정보가 샜단 말인가?'

사내는 침음성을 삼켰다.

아니, 그게 아니었다. 그랬다면 경종조차 울리지 않았을 것이다. 경종을 울렸다는 것은 오늘 이곳에 자신들이 올 것이라는 것은 몰랐다는 말이다.

그건 자신할 수 있었다. 상대가 사천당문이었기에 누구보다 은밀하게 움직였고 아무도 눈치채지 못했을 것이다.

그런데도 함정에 빠졌다는 것은?

사천당문은 꼭 오늘이 아니더라도 언젠가는 벌어질 이런 사태에 철저히 대비하고 있었다는 말이다. 그래서 경종이 울리자 엉겁결에 켠 불마저도 이내 꺼버리고 대비한 대로 움직인 것이다.

'좋지 않다!'

중년 사내 예막하(芮幕夏)는 마른침을 삼켰다.

그는 도천극의 수하이자 여섯 개의 밀영조직 중 제오밀영의 부영주 직을 맡고 있었다. 그리고 도천극의 지시에 따라 천인혈독을 가지고 제일 먼저 사천당문을 쓸어버리려고 온 것이다.

얼마 전 사천당문을 찾은 영화전장 총주의 예견대로 천인혈독을 완성한 도천극은 그 해독약을 만들 가능성이 가장 높은 사천당문을 제일 먼저 치려 한 것이다.

그것은 맹수가 자신의 영역을 침범한 다른 종족들은 보아넘겨도 동류의 맹수는 절대로 용납 못하고 처절하게 싸워서 몰아내는 것과 같은 이치였다.

도천극, 아니, 혈노는 자신과 동류인 사천당문이 자신과 같은 하늘 아래에 양립하는 것은 절대로 용납 못한 것이다.

'내친김이다.'

결심한 듯 예막하는 몸을 날렸다.

당문 문도들도 바보가 아닌 이상 이런 사태를 예상했을 것이고 그래서 철저한 대비를 한 모양인데, 결과는 마찬가지일 것이다. 다만 그들의 대비로 인해 부하들의 희생이 예상보다 몇 배는 커질 수밖에 없다는 것이 뼈아팠다.

휘익!

당문의 장원 중앙에 내려선 예막화는 눈을 찌푸렸다.

장원 안으로 들어서고 보니 횃불의 밝기가 밖에서 보는 것보다 몇 배는 더 강렬했다.

예상보다 더 철저한 준비를 하고 있었다는 말이었다.

예막화는 눈을 가늘게 뜨며 주변을 살폈다.

당문의 사람들은 여전히 보이지 않았다. 어떤 장치가 되어 있었는지 횃불만 스스로 밝혀져 환하게 타오르고 있었다.

"정말 좋지 않군!"

예막화는 침울하게 중얼거렸다.

당문은 사람이 안 보인다고 해서 위험하지 않은 곳이 아니다. 이 장원 어느 곳에 어떤 장치가 되어 있을지 알 수 없는 것이다. 그걸 대비해서 충분히 훈련을 하였지만 상대가 보이지 않는 것은 난감했다.

자신들이 소지하고 있는 천인혈독은 사람들에게 통용되는 것이지 암기에 통용되는 것이 아니기 때문이었다.

"쩝!"

예막화는 입맛을 다셨다.

천인혈독의 가공할 위력에 너무 자만했다는 후회가 일었다.

당문 한가운데를 바람처럼 스며들어 독을 뿌리려고 했던 계획은 처음부터 틀어지고 오히려 독 안에 든 쥐 꼴이 되어 있었다.

"하지만 결과는 마찬가지!"

숨어 있든 지켜보고 있든 그곳에는 대기가 스며들어 있을 것이고 피부가 대기에 맞닿아 있는 이상 당문은 멸족을 당할 것이다.

마침 바람 한줄기가 불어왔다.

그 순간 한 무리의 당문도들이 모습을 드러냈다.

예막화는 독이 든 주머니를 들어 올렸다.

당문도들이 이렇게 나타났으니 지시받은 실험을 해봐야 했다.

웬만한 독에 면역이 있는 당문도들은 다른 사람들에 비해 어떤지 가능하다면 그것을 세밀히 관찰하고 알아오라고 지시를 받았던 것이다.

"혹사련에서 오셨소?"

당문도 중 제일 앞에 선 중년인이 질문을 던져 왔다.

예막화는 다시 눈살을 찌푸렸다.

역시 이들은 자신들이 쳐들어올 것을 정확히 예측하고 있었던 것이다.

"그렇소!"

예막화는 느긋하게 답했다.

천인혈독은 피부에 닿는 순간 절명한다. 그 어떤 암기를 펼치더라도 천인혈독을 뿌리고 빠져나올 자신이 있었다.

팔목에 찬 장치를 움직이며 예막화는 앞으로 나선 중년인
이 움직임을 주시했다.

중년인의 입술이 다시 움직였다.

"천인혈독을 가져오셨소?"

"억!"

예막화는 불식간에 경호성을 토했다.

이건 정말 뜻밖이었다.

자신들이 흑사련에서 왔다는 것을 예측하는 것은 봐줄 수
있다고 해도 천인혈독까지 알고 있다는 것은 천만뜻밖이다.

천인혈독은 그 이름마저 철저히 비밀에 붙여진 독이었다.
그것을 이자가 어떻게 알고 있단 말인가?

불길한 예감에 휩싸인 예막화는 급히 독을 뿌렸다. 그를 따
라 부하들도 신속히 독을 뿌렸다.

스스스—

가공할 천인혈독이 바람을 타고 사신처럼 사방으로 퍼져
나갔다.

그런데?

피부에 닿는 즉시 죽어 나자빠져야 할 당문도들은 여선히
그 자리에 서 있었다.

예막하는 순간적으로 극심한 혼란에 휩싸었다.

"우리가 왜 죽지 않았는지 무척 궁금한 모양이오?"

앞에 선 중년인이 예막화의 심중을 꿰뚫고 있기라도 한 듯

불쑥 말했다.

예막화는 눈빛만 형형하게 빛낼 뿐, 아무 대답도 하지 못하고 있었다.

이곳까지 오며 독이 바뀌었을 리도 만무했다. 그 극독의 효력이 사라졌을 리는 더욱 만무했다.

손가락 사이로, 그리고 지금 피부로 느껴지는 천인혈독의 위력은 해독약이 아니었으면 죽는 줄도 모르고 절명해 버릴 것 같은 느낌을 주고 있었다.

죽여야 할 자들은 순식간에 죽여 버리고, 해독하여 노예로 만들어야 할 자들은 쓰러지게만 한다. 그것은 독의 농도에 의해 결정된다.

사천당문은 즉시 죽여야 할 자들이었다.

그런 의도에 맞는 농도의 천인혈독을 준비해 왔다.

예막화는 혀를 내밀어 대기 중에 스며들어 있는 독의 맛을 음미해 보았다.

거듭 확인해 보아도 즉사시킬 목적의 천인혈독이었다. 그런데 당문도들은 죽지도 않았고 쓰러지지도 않았다.

아무리 독의 종가인 당문이라도 천인혈독에는 속수무책이라고 들었다.

예막화는 예비용으로 가지고 있던 독주머니를 손끝으로 팅겼다.

퍼엉—

독주머니가 당문 사람들의 머리위에서 터지며 핏빛 독분이 자욱이 덮쳐 내렸다.

그러나 결과는 마찬가지였다.

당문 사람들은 한 치의 동요도 없이 서 있었고 해독약을 미리 복용한 자신의 눈이 오히려 따가운 느낌이 들었다.

"대체?"

예막화는 이제 완전히 혼란에 빠졌다.

천인혈독의 해독약은 철저히 도천극에 의해서만 직접 투입된다. 그래서 그것을 남겨서 숨겨 나올 수도 없었다. 해독약을 복용한 후 즉시 독을 뿌렸으니 조금이라도 남겼다면 그 자리에서 황천행이었다.

그런데 어떻게 이들이 멀쩡하단 말인가?

"후후! 놀라는 꼬락서니가 마치 호랑이 앞에 선 사냥개 같구나."

중년인 뒤에 선 또 다른 사내에게서 비웃음이 가득 담긴 음성이 흘러나왔다.

"이런 쳐 죽일!"

예막화의 뒤에 있던 사내도 맞받아 소리쳤다.

너무 황당한 상황에 잠시 넋을 놓고 있었지만 자신들은 결코 호랑이 앞의 사냥개일 수가 없었다. 독이 아니라 본신의 무공만으로도 당문 정도는 쓸어버릴 수 있다는 자신감에 차 있었다.

“으음!”

신음과 함께 예막화는 이를 갈았다.

“독은 버린다. 대신 도검으로 너희들을 쓸어버리겠다!”

잇새로 말한 예막화가 손을 흔들었다.

휘익—

휘익—

뒤에 있던 흑의인들이 시위를 떠난 화살처럼 앞으로 쏘아

져 나갔다.

오랫동안 어둠 속에서 수련하며 이런 날이 오기만을 기다

린 부하들은 한 마리 맹수처럼 눈을 번득이며 거친 살기를 토

해내고 있었다.

그 순간 쿠웅! 하는 기관음과 함께 장원 건물 앞에 있던 당

문 사람들이 갑자기 사려져 버렸다. 그것은 그들이 발을 디디

고 있던 땅이 순식간에 아래로 꺼지며 튀어나온 철판이 공간

을 메워 버린 때문이었다.

뒤이어 쏴아아! 하는 소음과 함께 허공에서 수십 마리의 벌

떼가 날아내리고 있었다.

“걱정할 것 없다. 모조리 쓸어버려라!”

예막화는 고함을 질렀다.

천인혈독의 해독약을 복용한 이상 만독불침은 아니더라도

웬만한 독에는 면역이 생긴다. 당문이 자랑하는 독혈봉(毒血

蜂)이라 할지라도 잠시 주춤거리게만 할 뿐, 쓰러지게는 하지

못할 것이다.

"아아악!"

예막화의 예상을 뒤엎고 한줄기 붉은빛이 작렬하며 제일 앞선 부하 하나가 처절한 비명을 내질렀다.

뒤이어 부하의 몸에서 시뻘건 화염이 활활 타오르고 있었다.

"광간강사(光稈鋼梭)다!"

누군가 고함을 질렀다.

광간강사!

베틀의 북처럼 생긴 모양의 물건으로, 그곳에 닿는 것은 무엇이든 태워 버리는 당문의 가공할 암기였다.

"크아악!"

또 한 명의 흑의인이 불길에 휩싸여 미친 듯이 팔을 휘저으며 물을 찾아 사방으로 뛰었다. 하지만 그 어느 곳에도 물은 없었고 사내의 몸에는 더욱 세차게 불길이 휩싸였다.

"도검으로 쳐내라."

바로 옆에서 두 명의 동료를 잃은 사내 하나가 고함을 지르며 검을 휘둘렀다.

따앙—

광간강사 하나가 사내의 검에 튕겨 나가며 허공에서 불길을 터뜨렸다.

다른 사내들도 돌파구를 찾았다는 듯 일제히 검을 휘둘

렀다.

"아아악!"

이번에는 불길에 휩싸이지도 않았음에도 불구하고 사내들이 불길에 휩싸였던 동료들과 똑같은 비명을 질렀다.

"크아악!"

"크악!"

똑같은 비명이 곳곳에서 터져 나왔다.

그들은 모두 날아오는 광간강사를 도검으로 쳐냈던 사람들이었다.

그들이 쳐낸 광간강사는 모양만 비슷했지 광간강사가 아니었다. 쳐내는 순간 그곳에서 우모침이 폭발하듯 비산했고 그것이 눈동자에 꽂히자 사내들은 불길에 휩싸인 것보다 더 처절한 비명을 터뜨린 것이다.

광간강사로 혼을 빼놓은 뒤 그 대응을 예상한 당문의 치밀한 암기 배합이었던 것이다.

"교활한… 모두 피하라."

다시 암기가 날아오자 예막화가 이를 갈며 고함을 쳤다. 저건 또 광간강사도 우모침도 아닌, 그 어떤 것이 들어 있을지도 몰랐다. 무조건 부딪치지 않는 것이 상책이었다.

퍼엉—

펑!

예막화의 예상대로 그건 광간강사도 우모침도 아닌, 독연이었다.

독연은 그렇게 겁낼 것이 없었다. 조금 괴롭기는 하겠지만 면역이 되어 있는 것이나 마찬가지니 목숨에는 지장이 없을 터였다.

"쳐라!"

예막화가 다시 고함을 질렀다.

피피피핑—

날카로운 파공성과 함께 사내들의 비명이 또다시 울려 펴졌다.

광간강사를 닮은 암기에서 터진 것은 독연이 아니었다. 단순한 흑무로 시선을 가리기 위한 것이었고 진정한 위험은 그 흑연을 뚫고 나온 철시(撤矢)였다.

화살촉부터 끝까지 완전한 쇳덩이로 만들어진 철시는 보통 화살보다 훨씬 길고 두꺼웠다. 그러나 더 큰 위험은 그 속도에 있었다. 기관장치에 의해 튀어나온 철시는 보통의 화살보다 몇 배는 빠르고 무거웠다.

"크윽!"

"큭!"

연방 비명이 터지며 철시에 몸이 꿰뚫리거나 관통당한 사내들이 추풍낙엽처럼 쓰러졌다.

"흩어져라!"

철시 하나를 겨우 쳐낸 예막화가 정신없이 고함을 질렀다.

웬만한 독에는 면역이 되어 있는 부하들이었지만 그렇다고 불이나 화살에도 그런 것은 아니었다.

휘익!

획—

사내들이 분분히 몸을 날리며 최대한 흑무에서 멀어지기 위해 장원 가장자리로 흩어졌다.

촤아악!

기다렸다는 듯이 음울한 파공성이 울렸다. 이번에는 여러 장의 그물이 장원 가장자리에 있는 담장 위에서 쏟아져 내렸다.

사내들이 기절초풍한 모습으로 다시 몸을 날렸다. 그러나 열 명도 넘는 사내가 그물에 휩싸였다.

그물 속의 사내들이 필사적으로 검을 뿌렸지만 불꽃만 튀며 그물은 찢어지지도, 벗겨지지도 않았다.

일견 그렇게 끝나는 것 같았다.

그러나 잠시 후 속에 갇힌 사내들이 처절한 비명을 토했다.

그물이 식육목(食肉木)이라도 된 듯 꿈틀거리며 조여들었다.

칼로도 잘리지 않는 그물은 칼날보다 날카로웠다. 그것이 조여들며 사내들의 살점을 파고들었고 이윽고 사내들의 몸은 다져진 인육이 되어갔다.

"죽일!"

예막화는 피를 토하듯 신음을 터뜨렸다.

순식간에 부하들이 반 이상 죽어나갔다.

손 한 번 제대로 써보지 못하고 당한 어처구니없는 상황이었다. 그런데 문제는 그 상황이 아직 진행 중이라는 데 있었다.

쿠우웅—

가슴이 철렁 내려앉게 만드는 기관음과 함께 세 방향의 벽이 동시에 무너졌다.

아니, 무너지는 게 아니라 껍질을 벗는 것이었다.

껍질을 벗은 벽은 벌집처럼 수많은 구멍이 뚫려 있었다.

"피하라!"

죽음의 공포 속에서 누군가 고함을 쳤다. 그와 동시에 벽의 구멍에서 쏴아아! 하는 소리와 함께 물이 분수처럼 쏟아져 나왔다.

물이었으면 열 오른 육체를 식혀주기라도 하련만 그것은 보통 물이 아니었다.

물과는 절대로 섞이지 않는 기름이었다. 그리고 어느새 그 기름에 불이 당겨졌다.

화르르—

불길은 순식간에 뻗어나갔고 불길에 휩싸인 사내들은 아비규환의 지옥도를 연출하고 있었다.

"아아악!"

"크아악—"

비명 소리가 연신 터져 나오며 살이 익는 냄새가 진동했다.

"퇴각하라!"

예막화가 겨우 정신을 추스르며 고함을 질렀다.

당가지소(唐家之所), 백사이후부일보(百思以後復一步) 불과야(不過也)란 말이 있다.

당가의 손길이 닿은 곳에는 백 번 생각하고 일 보를 옮겨도 과하지 않다는 뜻이었다.

평소라면 사천당가 근처도 지나다니지 않는 것이 장수의 지름길이었다. 그런 사천당가의 담을 넘었으니 그야말로 호랑이 아가리에 머리를 들이민 셈이었다.

휘익—

휙—

오십 명도 넘는 부하들 중 예막화를 따르는 그림자는 채 열을 넘지 않았다.

예막화는 그들과 함께 꽁지 빠진 닭처럼 당문의 담을 넘었다.

그러나 그것마저도 용납할 당문이 아니었다.

콰아앙—

대포가 터지는 듯한 소리와 함께 수많은 쇠구슬들이 예막화 일행을 향해 섬전처럼 터져 나갔다.

또 몇 명의 사내가 우박을 맞은 참새처럼 떨어져 내렸다.

"우하하하!"

당문주 당하성의 옆에 선 그의 동생 당하군(唐河軍)이 목이 터져라 웃었다.

그간 얼마나 노심초사했던가?

당문이 가진 온갖 영약들과 온 역량을 동원해 해독약 제조에 매달렸고 며칠 전 그것을 양산해 낼 수 있었다.

만약 그놈들이 열흘만 더 일찍 쳐들어왔더라면 모자란 해독약으로 인해 당문도의 반은 죽어나갔을 것이다.

"형님, 그놈들… 꽁지 빠진 닭처럼 도망가던 그놈들 보셨습니까? 와하하하!"

당하군은 다시 광소를 터뜨렸다.

그동안 죽음의 공포와 멸문의 공포에서 시달리다 벗어난 해방감이 그의 얼굴에서 철철 넘쳐흘렀다.

"형님도 참, 꽁지 빠진 닭이 뭡니까? 꼬리에 불붙은 쥐새끼 아니던가요? 하하하."

당하군의 사촌 동생인 당일(唐日)도 해방감을 만끽하며 대소를 터뜨렸다.

"꼬리에 불붙은 쥐새끼? 와하하! 그게 더 맞는 말이다. 하하하."

"와하하하."

"하하하하."

당문의 남녀노소 누구 할 것 없이 고함을 지르고 대소를 터뜨렸다.

생과 사!

그것의 차이는 이처럼 극명했다. 더 나아가 이제 당문은 무림의 영웅 가문이 되어 남궁가를 제치고 중원제일가로 우뚝 설 날이 멀지 않았다는 희열이 물밀듯 당문도의 가슴으로 밀려들었다.

당문에서 겨우 탈출한 예막화 일행은 쏘아진 화살처럼 치달려나갔다.

곧장 앞으로만 달려나가던 그들은 영원히 쉬지 않고 언제까지나 그렇게 달려나갈 듯 보였다. 그러나 그들도 인간인 이상 한계가 있었고, 그 한계에 다다른 그들은 서서히 속도를 늦추었다.

"여기서 잠시 쉬어간다."

예막화가 쉰 목으로 소리를 질렀다.

그를 따라 다른 사내들이 하나둘 땅으로 내려섰다.

"크윽!"

한 사내가 답답한 비명을 흘렸다. 그리고는 왈칵 선혈을 토했다.

쳐들어갈 때는 오십 명이 넘는 인원이었으나 이젠 십분지 일로 줄어 있었다. 그걸 쳐다보는 예막화의 눈에 불길이 일었다.

너무나 어처구니없는 결과였다.

자신들 오십 명이면 웬만한 문파 하나는 반나절 만에 지울 수도 있었다.

설사 당문이라 하더라도 함정에 빠지지 않았다면 반은 허물어뜨릴 자신이 있었다. 그런데 결과는 너무 참혹했다.

지피지기 백전백승이라 했는데, 자신들은 천인혈독을 믿고 맨손으로 용담호혈 속으로 뛰어든 것이나 마찬가지였다.

"대체 왜 이런?"

거친 호흡을 고르지도 못한 부하 하나가 신음처럼 토해냈다.

천인혈독이 아니었으면 절대로 그렇게 무모하게 사천당가의 담을 넘지는 않았을 것이다.

그건 자신들뿐만 아니라 세상 누구든 마찬가지리라.

'대체 뭐가 잘못됐단 말인가?

목구멍을 치고 넘어오는 단내를 꿀꺽 삼킨 예막화는 혼란한 정신을 억지로 추슬렀다.

천인혈독이 전혀 통하지 않았다!

하지만 결코 독이 잘못된 것은 아니었다. 그렇다면 당문이 천인혈독의 해독약을 만들었다는 것이다.

그것밖에는 달리 생각할 것이 없었다.

잠시 장원에 나타났다가 땅속으로 꺼져 버린 그들은 특수한 장비를 착용한 것도 아니었다.

자신들과 같은 모습이었고, 오히려 맨살을 드러내 놓고 대화까지 나누었다.

그런데도 멀쩡했다는 것은 해독약을 완성했다는 것이다.

"어찌 그런 일이……."

그동안 당문의 움직임에서 해독약을 만들었다는 어떤 정황도 잡지 못했다. 아니, 그럴 필요도 없다고 했었다.

천인혈독은 중원에서는 존재하지도, 존재할 수도 없는 독이었다. 그 독을 만들기 위해서는 천 명의 목숨이 필요했는데 그런 일은 세외의 야만족들에게나 가능했지 중원에서 행해질 수 있는 일이 아니었다.

그래서 독을 믿고 당문의 담장을 넘은 것이다.

그런데 결과는 이런 꼴이었다.

'뭔가 틀어져도 크게 틀어지고 있다.'

예막화의 뇌리로 경종이 세차게 울렸다.

흑사련의 모든 계획은 이 독과 함께한다.

그런데 이 독이 무용지물이 된다면?

계획 역시 전면 수정되어야 하는 것이다.

"후욱!"

길게 호흡을 이끄는 예막화는 몸을 일으켰다.

한시라도 빨리 총단에, 아니, 새로운 련주 도천극에게 이 사실을 알려야 하는 것이다. 그래서 계획을 수정해야 한다.

"출발한다!"

예막화는 짤막하게 지시하며 발끝에 공력을 모았다.

"그렇게는 안 되지!"

앞쪽의 어둠 속 한쪽 자락에서 살기 진득한 목소리가 들려왔다.

예막화는 머리끝이 쭈뼛 서는 느낌과 함께 반사적으로 일검을 날렸다.

파아앙—

예막화의 검에서 시린 검기 한줄기가 번쩍하고 어둠을 밝히며 앞으로 쏘아졌다.

허리를 양단당한 아름드리나무 한 그루가 기우뚱 쓰러지며 그 뒤로 여러 개의 물체가 탄환처럼 쏘아져 왔다.

"피해!"

자라 보고 놀란 가슴 솥뚜껑 보고도 놀라는 격으로, 예막화의 부하들이 분분히 뒤로 몸을 날렸다.

당문의 장원에서 당했던 바로는 가만히 두어도 위험했고 쳐내도 위험했다.

최대한 멀리 떨어지는 게 상책이었다.

"멈춰!"

예막화가 고함을 질렀다.

허공으로 날아오는 물체에 놀란 부하들이 분분히 몸을 날리는 뒤쪽에서 들릴 듯 말 듯한 파공음이 일었던 것이다.

피잉!

날카로운 파공음과 함께 뒤로 물러나던 예막화의 부하 하나가 무언가 이상하다는 듯 자신의 허리 쪽을 쳐다보았다.

그런 그의 눈에 짙은 의혹이 어렸다.

자신의 신장이 평소와는 달리 반으로 줄어든 것을 느낀 때문이었다.

아니, 그것보다 자신의 허리 아래가 땅속으로 꺼져 땅 위로는 상체만 보이고 있었던 것이다.

"크아악!"

갑자기 사내가 비명을 질렀다. 사내의 몸은 땅속으로 꺼진 것이 아니라 예리한 은사에 의해 하체가 깨끗이 절단되어 분리된 것이다. 그것을 반증하듯 사내의 뒤쪽에서 분리된 하체가 연방 피를 토하며 꿈틀거리고 있었다.

예막화가 들은 미세한 파공음은 은사가 쏘아져 오는 소리였던 것이다.

"아아악!"

사내는 다시 한 번 비명을 지르며 허옇게 눈을 까뒤집었다. 몸은 아직 살아 있었지만 기절초풍한 의식이 육신을 떠나 버린 것이었다.

끼이익―

처참한 광경에 얼어붙어 있는 사내들 사이로 다시 고막을 찢는 듯한 파공음이 울렸다.

도대체 어디서 나는지 방향을 잡을 수 없는 소리에 사내들이 감히 경거망동하지 못한 채 무기를 빼내 들고 몸만 잔뜩 움츠렸다.

파앗—

그 순간 섬뜩한 파육음과 함께 어디서 날아온 것인지도 모를 쇠뇌 두 개가 또다시 예막화의 부하 두 명의 복부를 꿰뚫었다.

“크윽!”

“큭!”

두 명의 사내가 다시 속수무책으로 쓰러졌다.

쇠뇌에 앞서 들렸던 파공음은 쇠뇌가 시위를 떠나는 소리를 숨기기 위한 소음이었던 것이다.

“나와라! 어서 나와라, 이런 쳐 죽일 놈들!”

이젠 자신과 한 명의 부하밖에 남지 않은 예막화가 미친 듯이 검을 휘두르며 고함을 질렀다.

정상적인 대결이라면 일당백의 부하들이 당문의 영토 안에서는 이렇게 속수무책으로 허물어질 수도 있다는 것이 절감한 예막화는 이젠 이성을 잃어버리며 설쳐 댔다.

스스스—

당문의 추적대들이 사방에서 유령처럼 모습을 드러냈다. 예막화는 흠칫 신형을 굳혔다.

서른 명가량의 사내들이었다.

그들 중 몇 명만 검을 들고 있었고 대부분은 생전 처음 보는 이상한 물건들이나 활을 들고 있었다.

"후후!"

한줄기 냉막한 웃음이 허공을 가로질렀다.

당문의 추적대들 중 제일 앞에 선 청년의 입에서 흘러나온 조소였다.

청년은 당문주의 아들이자 당문의 소가주인 당상진이었다. 그가 추적대의 우두머리로 예막화 일행을 추적해 온 것이다.

"지금쯤 정신이 하나도 없겠지?"

당상진이 다시 싸늘한 목소리로 말했다. 타고난 차가운 성품에서 살기가 끓어오르면 더욱 차가워지는 그 목소리는 얼음을 무색케 했다.

"죽일 놈!"

예막화가 이를 갈았다.

"애초부터 죽이려고 왔는데 실패했잖소?"

당상진이 입술을 비틀며 말했다.

"하지만 네놈만은 저승의 길동무로 삼아야겠다."

말이 끝남과 동시에 예막화가 쾌속하게 검을 휘둘렀다.

검기를 뿌려서 아름드리나무 하나를 자를 정도의 무공을 지닌 예막화의 공격에도 당상진은 그저 가만히 서 있기만 했다.

"엇!"

예막화가 경호성을 터뜨렸다.

휘두르는 팔에 공력이 모이지 않은 것이다. 뿐만 아니라 정신마저 혼미해져 왔다.

"이건?"

산공독에 당한 증상이었다.

예막화는 눈을 부릅떴다.

천인혈독의 해약을 복용하며 만독불침은 아니더라도 웬만한 독에는 면역이 생긴 상태였다. 그런데 이런 단순한 산공독에 당하다니?

"당신들 독을 연구하며 우리도 기막힌 독을 하나 만들었소. 그야말로 이제까지 존재하지 않았던 완벽한 산공독이오. 그게 이제야 효력을 발휘하는 모양이오."

당상진은 하얀 이를 드러내며 웃었다.

천인혈독의 해독약에 더해 이제까지 당문이 보유한 산공독보다 몇 배는 더 강력한 산공독까지 부수입으로 얻은 당문은 예전보다 훨씬 더 무서워진 것이다.

"두 놈 다 데려간다. 실험을 몇 가지 더 할 것이 있다."

당상진의 명령에 사방을 둘러싼 사내들이 신속히 움직였다.

第百七章

파황마령대(破荒魔靈隊)

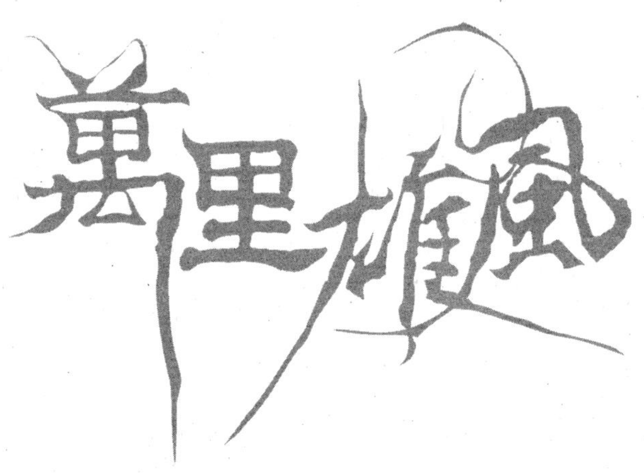

萬里雄風

"**기**분 나쁜 놈들!"

말을 타고 조심스럽게 앞으로 나아가던 진약기(陳若氣)는 힐끗 뒤를 돌아보며 속으로 중얼거렸다.

그것은 자신이 이끌고 있는 흑사련의 천화전(天華殿) 대원들의 뒤를 따라오는 스무 명가량의 기마인들 때문이었다.

한때 중원에서는 혈우마령대로 불리며 어둠 속에서 움직였던 놈들이다.

주로 중소 흑도 문파를 때려부수고 흑사련에 복속시키는 등의 일을 하며 어둠 속에서 움직였기에 그 정체를 제대로 아는 사람들이 없었는데, 그들은 이제 파황마령대라는 새로운 이름으로 밀영과 함께 흑사련의 최선봉에 섰다.

최선봉에 서든 최후방에 서든 그건 별로 문제 삼고 싶지 않았다. 자신들을 대신해서 최선봉에서 싸워준다면 그건 오히려 고마운 일이었다.

그런데 저들이 진약기의 마음에 들지 않는 이유는 그들의 눈빛 때문이었다.

핏빛이 진하게 감도는 그 눈빛은 때로는 오싹한 소름이 끼치게 만들며 마교의 인물들이 아닌가 하는 의심을 불러일으켰다.

'젠장!'

진약기는 역정을 삼켰다.

핏빛이 감도는 눈빛은 그들뿐만이 아니었다. 도천극으로부터 이름 모를 신공을 받아 수련한 밀영이나 영주들의 눈도 하나같이 은연중에 붉은 기운이 감돌기 시작했다.

처음에는 별로 느끼지 못했는데 시간이 갈수록 그 정도가 심해졌다.

그러고 보면 이놈들도 자신이 도천극에게 받았던 그 신공을 익힌 것이 분명했다.

"마도로 오인받기 딱 좋은 놈들인데… 마도는 아닌 것 같고……. 거참!"

진약기는 쓴 입맛을 다셨다.

'그런데 저놈들의 무공 수위는 어느 정도일까?

진약기는 이번 출행 내내 그것이 궁금했다.

자신들끼리는 무슨 말들도 주고받고 아주 드물게는 웃는 얼굴도 보였지만, 다른 사람들, 그러니까 진약기가 이끌고 있는 천화전 무사들과는 단 한마디도 섞지 않고 강시처럼 표정 없는 얼굴로 자신들 할 일만 했다. 그래서 그들의 이름은 물론, 무공의 정도도 알지 못하고 있었다.

출행 당시 도천극으로부터 급할 땐 이들의 도움을 받으란 말만 들었으니 이들을 부하로 여겨 명령을 내릴 수도 없었다.

그야말로 이들은 자신 휘하에 있으면서도 자신의 부하들이 아닌 외부인 같은 존재들이었다.

'뭐, 곧 알게 되겠지.'

진약기는 이내 궁금증을 접었다.

이제 몇 시진만 더 진군하면 정도맹의 사천 지부가 나타난다.

그들을 공격할 때 저들의 무위가 자연스럽게 밝혀질 것이다.

정도맹 사천 지부는 정파의 거대 문파인 점창과 청성, 아미파가 연합하여 결성한 곳이다.

처음에는 콧대 높기가 하늘을 찌르는 그들 문파가 서로 힘을 합치려 하지 않았지만 정검가와 은하장, 그리고 구천문이 한 명의 문도도 남겨놓지 않고 멸문을 당해 버리자 그들은 누가 먼저 할 것도 없이 손을 내밀고 정도맹에 연락하여 지원까지 받아가며 사천 지부를 세웠다.

그것은 그들 문파의 바람막이 역할을 하기 위한 것이었다.

사천성 복판에 자리 잡은 문파 세 개를 멸문시킨 도천극이 조만간에 구대문파에 속한 그들을 노릴 것이었기에 사천 지부를 결성하여 자신들 문파의 울타리로 만들어놓은 것이다.

도천극이 자신들을 향해 마수를 뻗치더라도 우선은 사천 지부에서 막히고 그 시간을 이용해 본문에서는 대책을 세워 나가자는 취지이기도 했다.

그곳을 향해 진약기는 조심스럽게 진군하고 있었다.

"전주, 여기서 쉬어 갑시다."

일대주 장오서(張吳庶)가 앞으로 달려나오며 말했다.

이제 몇 시진 후면 사천 지부와 맞닥뜨릴 것이니 여기서 마지막 휴식을 취한 후 그곳까지 한달음에 달려가자는 생각이었다.

"음!"

진약기는 고개를 끄덕였다.

마침 적당한 그늘도 있고 그 아래로 작은 개울도 있어 쉬어 가기에 적당한 곳이었다.

진약기가 말을 멈추며 명령을 내리자 부하들도 걸음을 멈추고 휴식을 취하기 시작했다.

진약기는 말 위에 앉아 부하들을 돌아보았다.

천화전의 대원들이 주축이 된 도합 사백여 명의 부하들!

사천 지부가 아무리 구대문파의 제자들이 주축이 된 곳이라 할지라도 한나절이면 괴멸시킬 수 있을 것이다. 거기에 더해 도천극이 특별히 붙여준 파황마령대의 인물들이면 일이 더욱 쉬워질 수도 있을 것이다.

진약기는 자신이 정사대전의 신호탄을 쏘아 올린다는 점이 무엇보다 뿌듯했다.

정도맹 사천 지부의 괴멸을 신호탄으로 흑사련은 전면 공격을 해나갈 것이고 세상은 흑사련의 것이 될 터이다.

오랜 음지 생활을 끝내고 그런 세상을 한번 활보해 보는 것도 괜찮으리라.

진약기는 깊이 숨을 들이마셨다.

저벅!

저벅!

진약기의 귓가로 이질적인 발자국 소리가 들렸다.

가벼우면서도 바위 같은 단단함이 숨겨진 발자국 소리는 고수의 걸음걸이에서나 흘러나올 수 있는 것이었기에 진약기는 자연스레 고개를 돌렸다.

'얼씨구!'

진약기는 의외의 상황에 눈을 크게 떴다.

자신에게로 다가오는 사람은 뜻밖에도 파황마령대라는 기분 나쁜 인간들 중 한 명이었다.

이제껏 말 한마디 걸지 않고 눈조차 마주치지 않았던 자들이었기에 진약기는 부쩍 의구심이 일었다.

"무슨 일인가?"

진약기는 의아한 눈으로 사내를 쳐다보며 물었다.

"전열을 정비해야 할 것 같소."

사내가 짤막하게 답했다.

"전열?"

진약기가 눈을 크게 뜨며 사방을 둘러보았다. 그러나 부하들의 움직임 소리뿐, 다른 소리는 들리지 않았다.

"이유는?"

진약기는 눈살을 찌푸리며 다시 물었다.

부하도 아니고 그렇다고 상관도 아닌 그들과의 관계가 내내 불편했는데 이젠 통솔권까지 관여하려고 하는 것이 심히 못마땅했다.

"그건 곧 알게 될 것이오."

사내는 여전히 건방질 정도로 불손하게 답했다.

진약기는 불끈 역정이 솟구치는 것을 느꼈다.

"척후조로부터 아무런 연락이 없었다. 그래서 난 그럴 필요를 느끼지 못한다."

다시 한 번 사방을 살핀 진약기가 단호하게 말했다.

"좋도록 하시오."

파황마령대의 사내가 고개를 끄덕인 후 다시 자기 자리로 돌아갔다.

“건방진 놈!”

진약기는 잇새로 뱉어내며 혹시라도 모른다는 심정으로 다시 사방을 살폈다.

그러나 사방은 여전히 별다른 낌새가 느껴지지 않았다.

진약기는 천천히 타고 있던 말에서 내렸다.

그 순간 피잉! 하는 파공성이 구릉 저쪽에서부터 급격히 가까워졌다.

“기습이다!”

휴식을 취하고 있는 부하들의 한가운데에서 고함 소리가 들려왔다. 그리고 구릉 뒤에서 화살들이 무수히 쏟아졌다.

“큭!”

“크윽!”

화살에 맞은 부하들이 쓰러지는 것을 본 진약기는 비로소 전열을 정비해야 할 필요성을 느꼈지만, 이미 한참 늦은 감이 있었다.

두두두―

우왕좌왕하는 부하들 사이로 파황마령대 스무 명이 바람처럼 말을 몰아 구릉 쪽으로 달려나가고 있었나.

‘저놈!’

진약기는 입술을 씹으며 파황마령대의 제일 앞에서 달려나가는 사내를 쳐다보았다. 그는 조금 전에 자신에게 전열의 정비를 피력하던 자였다.

“젠장!”

진약기의 입에서 절로 신음이 흘러나왔다. 척후조는 전멸했다는 말이다.

하지만 그것보다 더 신랄하게 뇌리를 스치는 사실은 자신은 느끼지 못한 기습의 낌새를 한발 앞서 느낀 저놈이 자신보다 고수일 가망이 높다는 것이다.

“와아!”

화살들 뒤로 이어진 함성과 함께 수많은 인영들이 구릉 위로 모습을 드러냈다.

그들을 향해 스무여 필의 말이 달려나가고 있었다.

두두두!

빗발치는 화살들을 쳐내며 질풍처럼 말을 달려오는 스무 명의 사내를 보며 정도맹 사천 지부 소속인 점창의 장로 무진자(無盡子)는 눈을 가늘게 떴다.

모두들 우왕좌왕하는 사이 신속히 말을 달려나오는 기세가 절대로 만만치 않았다.

말을 다루는 솜씨도 그랬고, 일사불란한 움직임도 한줄기 바람 같았다.

“저놈들부터 떨어뜨려야 할 것 같군요.”

거치철궁(鋸齒鐵弓) 영자백(英磁百)이 입가에 희미한 미소를 매달며 시위에 화살 하나를 걸었다.

그는 정도맹에서 사천 지부의 인원 요청을 받고 달려온 고수였다.

거치철궁이란 그의 별호대로 그의 활은 보통 활과 달리 철궁 표면에 톱날 같은 날이 있어 시위를 걷어내면 그것은 한 자루의 거치도로 변한다.

한때 군문에 몸담았던 그는 원거리에서는 거치철궁으로, 그리고 근접전에서는 거치도를 휘두르며 그 명성을 날렸다.

이번 작전 역시 고리타분한 정도 문파에서는 생각할 수 없고 군문에서나 가능한, 활을 이용한 기습 작전이었다. 그리고 그 성과는 여실히 나타나고 있었다.

전혀 예상치 못한 기습에 놈들은 당황하여 메뚜기 떼처럼 이리 뛰고 저리 뛰었다.

이렇게 선공으로 기를 꺾어놓은 후, 적당히 유인하여 본진에 맡기면 승리는 확실했다.

'우선 제일 앞에 오는 저놈부터.'

영자백은 한껏 내공을 불어넣어 활시위를 당겼다. 보통 사람이라면 한 치도 당겨지지 않을 활대와 활시위가 커다란 공 모양으로 휘어졌다.

피잉—

날카로운 파공음과 함께 보통 화살보다 훨씬 굵고 긴 철시가 섬전처럼 거치철궁에서 쏘아져 나갔다. 그리고 그것은 순식간에 제일 앞에서 달려오는 사내의 가슴으로 파고들었다.

그 모습은 마치 긴 빨랫줄 한 가닥이 거치철궁의 활시위와 파황마령대의 사내의 가슴에 연결된 것 같았다.

"잡았다!"

가슴에 화살을 맞은 사내가 기우뚱 말 잔등에서 옆으로 쓰러지는 것을 본 영자백이 쾌재를 터뜨렸다. 그러나 그 쾌재는 곧 엇! 하는 당혹성으로 바뀌었다.

말 잔등에서 굴러 떨어지는 것 같던 사내는 순식간에 몸을 바로 했고 사내의 심장을 관통할 것 같았던 철시는 계속 쏘아져 나가고 있었기 때문이다.

믿을 수 없는 상황에 영자백은 자신도 모르게 입을 벌렸다.

사내가 기우뚱 몸을 옆으로 누인 것은 화살에 맞아서가 아니라 화살을 피하기 위한 것이었다.

"대체?"

영자백은 침음성을 터뜨렸다.

그 짧은 순간에 기마술만으로 화살을 피한 사내의 움직임은 자신으로서는 뻔히 보고서도 믿을 수 없는 것이었다.

"어디!"

불끈 오기가 솟구친 영자백은 다시 한 개의 철시를 거치철궁의 시위에 메겼다. 그러나 그 철시는 쏘아 보낼 수 없었다.

휘익―

제일 앞에서 말을 달리던 사내가 말 잔등을 박차며 허공으로 솟구친 것이다.

말이 달려오는 속도를 그대로 몸에 실으며 몸을 날려오는 사내의 신법은 마치 한 마리 제비를 보는 것 같았다.

휘익—

휙—

제일 앞의 사내 뒤를 따라 다른 사내들도 똑같이 말 등을 박차고 허공으로 솟구쳤다. 비록 제일 앞의 사내에 비해서는 떨어지는 신법이었지만 그들 역시 가공할 신위를 보여주고 있었다.

“피하라!”

청성의 일대제자 정가중(鄭佳中)이 궁수들을 향해 고함을 질렀다. 그들이 떨어져 내리는 곳은 하나같이 궁수들이 있는 곳이었는데, 화살 날리기에 급급한 궁수들은 위에서 떨어져 내리는 사내들에 대해서는 전혀 대처가 되어 있지 않았다.

팅—

영자백도 신속히 철시를 던져 버리고 거치철궁에서 활시위를 풀었다. 그러자 거치철궁은 한 자루 거치도가 되었다.

파앗—

영자백은 온 내력을 끌어올림과 동시에 쾌속하게 거치도를 휘둘러 머리 위로 떨어져 내리는 사내의 김을 막아갔다.

콰앙—

폭음에 가까운 격타음과 함께 영자백은 쿵쿵거리며 다섯 걸음이나 뒤로 물러섰다.

떨어져 내리는 힘에 더해 태산압정으로 그어 내리는 사내의 검에 실린 기세가 가히 만근 바위 같았다.

"으윽!"

영자백은 한 모금 신음을 토해냈다.

호구는 찢어져 선혈이 흘렀고 손목도 끊어질 듯 아파왔다.

거치도를 부딪치는 순간 온 내력을 모두 끌어올리지 않았으면 놓쳐 버렸을 것이다.

"크윽!"

"큭!"

궁수들 속에서 여러 가닥의 신음이 뒤이어 터져 나왔다. 그들은 영자백과 달리 뒤로 물러서지는 않았지만 사내들이 휘두른 검에 어깨가 갈라지거나 가슴이 갈라지며 쓰러지고 있었다.

"애송이들! 모두 쓸어버려라!"

영자백에게 검을 휘두른 사내가 조소와 함께 다시 검을 휘둘러 왔다. 그를 따라 다른 사내들도 궁수들 사이로 바람처럼 스며들었다.

"뒤로 물러나라!"

정가중이 고함을 지르며 검을 휘둘러 나갔다. 그의 표정이 크게 일그러져 있었다.

아직 한참은 더 궁수들이 활약을 해주어야 했다. 그래서 최대한 피해를 입힌 후 사라져야 했는데, 말을 달려온 스무 명의 사내 때문에 준비한 화살의 삼분지 일도 날리지 못하고 오히려 기습을 받은 꼴이 된 것이다.

쨍―

쨍―

청성과 점창의 제자들이 신속히 나서서 검을 휘두르며 스무 명의 사내를 향해 쳐나갔다.

활을 이용한 기습에는 능하지 못했지만 정도 문파의 오랜 전통이 스며든 검은 바위처럼 무거우면서도 표홀했다. 그들로 인해 궁수들은 더 이상 희생되지 않고 뒤로 물러설 수 있었다. 그러나 충분한 타격을 받지 않은 흑사련의 무리들이 새까맣게 달려오고 있는 것이 문제였다.

"하앗!"

영자백은 제일 앞선 사내를 향해 세차게 거치도를 휘둘러 갔다. 톱날 같은 칼날에 찢긴 바람이 기이한 파공성을 토해냈다.

깡―

다시 검이 부딪쳤다.

영자백은 이를 악물었다.

사내의 검에 실린 힘은 말 등에서 뛰어내릴 때와 별반 다를 것이 없었다. 반면 자신은 호구가 찢어지며 흘러내린 피로 인해 칼을 잡는 힘이 떨어져 있었다.

"비키시오. 그대 상대가 아니오!"

점창의 장로 무진자가 영자백의 어깨를 잡아채며 사내의

앞을 막아섰다.

"말코도사! 진작 나왔어야지."

사내가 허옇게 웃으며 검첨으로 무진자를 가리켰다.

"고얀!"

무진자가 수염을 부르르 떨며 노성을 터뜨렸다. 검끝으로 이렇게 가리키는 것은 손가락질을 하는 것이나 마찬가지다.

"고귀한 도사 신분에 기습에 활까지 사용하다니, 장삼봉이 울고 가겠군."

사내는 더욱 짙은 조소와 함께 무진자를 비난했다.

무진자의 수염이 바람에 날리듯 떨렸다.

사내의 말대로 숨어서 기다리다가 화살로 기습까지 하는 이 싸움에 처음부터 가슴이 답답했던 무진자였다. 그런 심정을 정곡으로 찌르며 사내가 비난하자 무진자의 얼굴이 붉어지며 평정심이 극도로 흐트러졌다.

"후후!"

파황마령대의 사내가 음침한 웃음을 흘렸다.

산문 안에 틀어박혀 구도에만 힘쓰는 저런 말코 나부랭이들은 세상사에 밝지 못했고 쓸데없는 자존심만 높았다. 그런 자존심을 정면으로 자극하면 삼 년 면벽의 수련도 허사가 되고 이렇게 흔들리는 것이다.

그러는 사이 전열을 정비한 흑사련 무사들이 구릉 아래를 둘러싸며 영자백과 무진자가 이끌고 온 기습조를 포위해 갔다.

"이런!"

무진자가 탄식을 토했다.

궁수들이 제대로 활약을 하지 못하고 오히려 쑥대밭이 되어버린 채 우왕좌왕하는 사이 퇴로마저 봉쇄당하고 있었다.

정면 대결을 해서는 중과부적인 놈들이었다. 기습과 유인으로 유리한 상황을 만들어가야 했는데 그 계획은 처음부터 차질을 빚고 있었다.

무진자는 신속히 사방을 둘러보았다. 늦었지만 지금이라도 제자들과 정도맹 무사들을 물려야 했다. 그래야 최대한 피해를 막는 것이다.

"허튼수작하지 마라, 말코."

파황마령대의 사내가 무진자의 생각을 읽었는지 고함과 함께 검을 휘둘러 왔다.

"무량수불!"

무진자는 도호를 터뜨리며 검을 마주쳐 나갔다.

휘리릭—

사내의 검이 무진자의 검과 마주치려는 순간 이지러운 변화를 보였다.

"헛!"

무진자는 경호성을 삼키며 검초를 변화시켰다.

현란한 사내의 검이 순식간에 몇 개로 늘어난 것 같은 착각을 불러일으켰다.

까앙—

두 자루의 검이 마침내 충돌을 일으켰다.

'으음!'

무진자는 터져 나오려는 신음을 억지로 삼켰다.

무겁게 떨어지는 검이 아닌, 가볍고 표홀하게 날아드는 검이었는데 그 안에 스며들어 있는 기운이 절대로 만만치 않았다. 부딪친 검에서 느껴지는 충격파는 중검에 마주쳤을 때처럼 무겁고 파괴적이었다.

깡—

다시 사내의 검이 빠르게 변화하며 허리를 잘라왔다.

얼음물이 흘러내리는 것 같은 시린 기운 한가닥이 먼저 허리 어림으로 스며들었다.

파파팟—

무진자는 점창의 독문신법인 비천십이표(飛天十二飄)를 밟으며 사내의 검세에서 신형을 빼냈다.

이런 자들 스무 명이 휘젓는 사이에 퇴로마저 완전히 차단당하면 전멸은 불을 보듯 뻔했다. 더 이상 맞상대하지 말고 처음의 계획대로 최선을 다해 퇴로를 열고 유인해야 하는 것이다.

"퇴각하라!"

무진자는 공력을 불끈 끌어올려 고함을 질렀다.

무진자의 고함에 치열한 접전을 벌이던 청년들이 하나둘 몸을 빼냈다. 그리고 아직 다 닫히지 않은 퇴로를 향해 신형을 날렸다.

"퇴로를 막고 모두 쓸어버려라!"

천화전주 진약기가 말을 치달리며 퇴로를 막아갔다.

"모두 한곳을 쳐라!"

신형을 날린 무진자도 고함을 지르며 점점 좁아지는 퇴로를 향해 몸을 날렸다.

"후후!"

파황마령대의 사내가 무진자를 쫓지 않고 섬뜩한 미소를 흘렸다. 이윽고 그는 품속에서 작은 대롱 하나를 끄집어냈다. 대롱 끝에 심지가 있어 일견하기로는 신호탄을 쏘아 올리는 죽화통(竹火筒) 같았다.

대롱을 위로 쳐든 사내는 대롱 끝에 달려 있는 심지를 잡아당겼다.

第百八章
혈풍(血風)

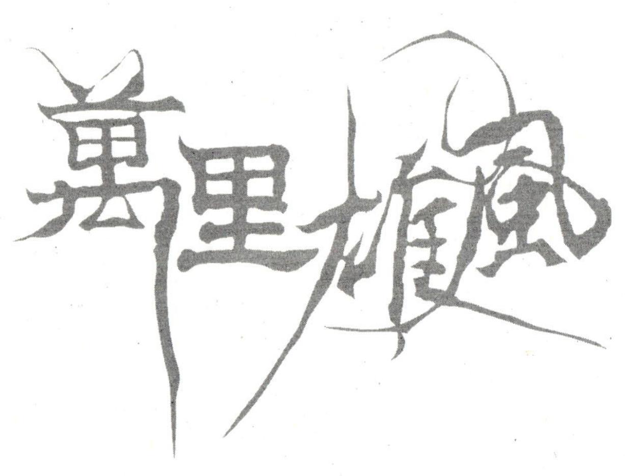

파앙—

　대롱에서 발사된 철구 하나가 닫히고 있는 퇴로 쪽을 향해 쏜살같이 날아갔다.

　철구가 퇴로 뒤쪽쯤에 다다랐을 때 퍼엉! 하는 폭음과 함께 폭발을 일으켰고, 그곳에서 신호탄 같은 붉은 연기가 피어올랐다.

　수직으로 날아올라 가 허공에서 터지지 않은 것만 빼고는 보통의 신호탄과 별반 다름없는 연기였다.

　그 붉은색 연기가 맞바람을 받아 날려오고 있었다. 퇴로를 차단하려고 둥글게 원을 그리며 몰려가는 흑사련의 무리들이

나 퇴로를 뚫기 위해 필사적으로 쳐나가는 사천 지부의 무사들이 적무에 휩싸이며 일순 움직임을 멈추었다.

그건 마치 모두들 적무가 어서 지나가기를 기다리며 서 있는 모습 같았다.

그런데!

툭!

투툭!

피아를 가릴 것 없이 적무에 휩싸인 사람들이 하나둘 그 자리에서 통나무처럼 쓰러지기 시작했다.

비명도 없었고 비틀거림도 없었다.

적무에 휩싸이고 숨 한 번 내쉴 시간만큼의 지체도 없이 모두들 쓰러지기 시작한 것이다.

“엇?”

“어엇!”

적무의 영향권 밖에 있던 사람들이 경호성을 터뜨리며 제자리에서 얼어붙었다. 너무나 순식간에 피아를 구분할 것 없이 한꺼번에 쓰러지는 사태에 그들은 멍하니 쓰러진 사람들만 쳐다보고 있었다.

잠시 후 흑사련의 포위망이 급격히 팽창되었다.

무차별적으로 쓰러뜨리는 적무를 피해 모두 싸움을 멈추고 적무의 영향권 밖으로 달려나오기 바빴던 것이다.

그 순간에도 적무에 스친 사내들이 연방 바닥으로 쓰러져 나뒹굴었다.

적무가 완전히 걷혔을 때의 상황은 참혹했다.

퇴로를 향해 일직선으로 달려나가던 사천 지부의 사람들은 맞바람을 타고 날려오는 적무에 고스란히 노출되어 거의 대부분 쓰러졌다. 아울러 퇴로를 막기 위해 사천 지부 사람들 가까이로 접근했던 흑사련 무사들도 적무에 휩싸인 이상 어김없이 쓰러졌다.

"멋지군!"

적무를 터뜨린 파황마령대의 사내 혁무군(赫務君)은 비릿한 미소를 피워 올리며 천천히 걸음을 옮겼다.

모두들 경악에 물든 눈으로 혁무군의 행보에만 시선을 집중했다.

혁무군은 적무에 의해 쓰러져 있는 사람들 쪽으로 스스럼없이 다가갔다. 그런 그의 뒤를 파황마령대의 사내들만이 뒤따를 뿐, 아무도 접근하지 않았다.

적무가 모두 걷힌 후 쓰러진 동료를 부축하던 사람마저 그 자리에서 쓰러진 것을 본 사람들은 오히려 더욱 그들에게서 멀어졌다.

"역시 지시받은 대로야."

쓰러진 사람 하나를 유심히 살펴본 혁무군이 만족스런 미소를 지었다.

이곳으로 오기 전에 들은 대로 쓰러진 자들의 숨은 붙어 있었다. 그리고 이들에게 해독약을 투입하면 되살아날 것이다.

한 방울의 해독약으로 인해 되살아나며 육신의 중독은 풀리겠지만 그들의 영혼은 여전히 중독된 상태로 남는다. 그리고 그 중독이 풀리지 않는 한 그들의 영혼은 흑사련의, 아니, 도천극의 소유가 되는 것이다.

그것이 천인혈독의 진정한 효력이었다.

강시도 아니었다.

그렇다고 이지를 상실한 실혼인도 아니었다.

예전의 기억도, 추억도 그대로 소유하고 있으면서도 지독한 금제에 걸린 듯 도천극의 명령만을 따를 수밖에 없는 것이다.

부하는 더욱 충성심 강한 부하로 만들면서 적들까지 수하로 만들 수 있는 천인혈독이었다.

그 효력이 영원히 지속될지는 아직 알 수 없지만 혈노와 묵사역이 수십 년에 걸쳐 매진한 천인혈독의 효력이 이곳 사천 땅의 한 벌판에서 처음으로 나타나는 순간이었다.

혁무군은 품속에서 자기병 하나를 꺼냈다. 그 안에 도천극으로부터 받은 천인혈독의 해약이 들어 있었다.

"모두 살릴 생각입니까?"

뒤에서 다른 파황마령대의 사내가 물었다.

"그러기엔 해약이 부족하다. 아직은 만들어진 것이 얼마 없어 충분하게 받아오지 못했다."

혁무군이 차갑게 답했다.

"그럼?"

"피아를 막론하고 쓸모있는 놈들만 살린다. 제일 먼저 저 호랑말코와 이상한 철궁을 쓰는 놈부터 살려야겠지? 후후!"

혁무군의 입에서 잔인한 웃음이 흘러나왔다.

"우리 쪽에서는 진약기 전주를 먼저 살려야겠군요?"

사내가 쓰러져 있는 진약기를 쳐다보며 말했다.

"그럴 필요 없다!"

혁무군이 차갑게 답했다. 사내가 흠칫하며 혁무군을 쳐다 보았다.

"제대로 통솔할 능력이 없는 자이다. 이런 자를 살리느니 차라리 사냥개를 한 마리 살리는 것이 낫다."

혁무군이 차가운 눈으로 진약기를 쳐다보았다.

"이제부터 전 인원은 내가 통솔한다. 그리고 최대한 빠른 시간 안에 정도맹 사천 지부와 점창, 아미, 청성을 쓸어버린 다."

혁무군이 칼로 자르듯이 단호하게 말했다. 그의 눈이 핏빛 으로 이글거리고 있었다.

"존명!"

사내가 급히 허리를 숙였다.

＊　　　＊　　　＊

사천의 한 벌판에서부터 시작된 회오리는 온 중원을 들쑤셔 놓았다.

정도맹 사천 지부와 점창이 하루아침에 무너지고, 그들 중 고수들은 흑사련에 투항하여 흑사련의 주구가 되어버렸다는 소문은 순식간에 중원 곳곳으로 퍼져 나갔고, 모두들 자기 귀를 의심하는 지경에 이르렀다.

그동안 온갖 힘을 비축한 흑사련이니 한꺼번에 몰아쳐서 정도맹 사천 지부를 무너뜨렸다는 소식은 진저리를 치기는 하겠지만 전혀 못 믿을 정도는 아니었다. 그런데 그것도 모자라 유서 깊은 점창을 무너뜨리고 그들 중 고수들의 투항까지 받아내어 흑사련의 주구가 되게 했다는 사실은 도저히 믿을 수 없었다.

점창이나 청성, 아미가 어떤 곳인가?

도가와 불문의 수백 년 정통이 스며든 문파가 아닌가?

그런 그들은 죽었으면 죽었지 도천극의 주구는 될 수 없을 것이다. 그런데 그들 세 개 문파의 제자들이 모인 사천 지부와 점창에서 그런 일이 벌어졌단 말인가?

"도저히 말이 되지 않는 소리야."

허름한 객점의 구석 자리 한곳에서 억눌린 고함 소리가 터져 나왔다.

"누가 아니래나. 대체 어떻게 그런 일이 일어난단 말인가?

청성과 점창, 아미의 제자들이 미치지 않고서야 지부가 무너졌다고 그 자리에서 투항을 하고 도천극에게 충성을 맹세하단 말인가?"

다른 한 사내가 주변의 눈치를 보며 말을 받았다.

"그런데 그런 일이 일어났으니 문제가 아닌가."

다른 사내가 걱정스런 표정으로 고개를 절레절레 흔들었다.

"헛소문일 수도 있지 않을까? 사천 구석 자락에서 생긴 일이니 잘못 전해질 수도 있지 않겠나?"

처음부터 사실을 받아들이지 않았던 사내가 여전히 완강하게 말했다.

"그러기엔 소문이 너무 거세게 퍼졌어. 그런 소문은 절대 헛소문일 수가 없는 것이네."

다른 사내가 고개를 흔들었다.

"젠장! 그럼 어떻게 된다는 거야? 아직 청성과 아미가 남아 있으나 사천이 함락되는 것은 시간문제이고… 뒤이어 청해, 섬서, 산서도 넘어가고 결국엔 중원 전역이 흑사련의 수중으로 떨어지는 것 아닌가?"

사내의 목소리에 짙은 두려움이 새어 나왔다.

"그럴지도 모르지. 아미와 점창, 청성이 도천극의 힘으로 흡수되면 정도맹은 점점 약해지고 흑사련은 불가사리처럼 세력이 불어날 테니."

"환장하겠군!"

사내 하나가 답하고 다른 사내 하나가 탄식을 터뜨렸다.

"우라질! 무림이 누구 손에 떨어지면 어떤가? 정도맹이 차지한다고 자네 손에 만두 한 개라도 더 쥐어지는가?"

이제껏 대화에 끼어들지 않고 침묵만 지키고 있던 사내가 힐난 어린 목소리로 뱉어냈다.

"하긴… 이놈의 세상, 누가 주인이 되든지 간에 우리 같은 사람 살기에 팍팍한 것은 마찬가지지. 차라리 왕창 뒤집혀서 이리저리 굴러다니는 눈먼 돈이나 한 꾸러미 줍는 게 나을지도 모르지."

사내 하나가 한숨을 쉬며 말했다.

"쉬이! 말조심하게. 그러다 역도로 몰려 구족이 멸할 수도 있으니."

옆에 앉은 사내가 사방을 둘러보며 손가락을 입에 댔다. 불평을 토하던 사내가 자신의 언행이 과했다는 것을 느끼고는 얼른 목을 움츠렸다.

그런 그들을 한 쌍의 눈이 은밀하게 쏘아보고 있었다.

방갓의 틈 사이로 쏘아지는 눈빛은 심연처럼 깊으면서도 칼날처럼 날카로웠다. 그러나 순식간에 사내들을 훑고 사라져 버린 터라 사내들은 물론, 객점 안의 누구도 그 눈빛의 범상치 않음을 눈치채지 못했다.

방갓을 깊게 눌러쓴 사내는 관심을 두고 있던 사내들의 진지하고도 심오한 대화가 더 이상 이어지지 않고 음담패설로 흘러가자 천천히 신형을 일으켰다.

잔뜩 상체를 움츠리고 삶의 무게에 주눅 든 장사치 같은 모습이었지만 사내의 움직임에서는 언뜻언뜻 바람처럼 날렵한 기운과 바위처럼 단단한 기운이 흘러나왔다.

유진룡이었다.

제갈세가로 향하는 도중 그는 객점에서 기가 막힌 소문을 듣고 있었던 것이다.

오늘이 처음이 아니었다.

이틀 전쯤부터 온통 그 소문이었고 소문의 내용은 거의 비슷했다.

그렇다면 맹탕 허황된 소문이 아니다. 아니, 이처럼 곳곳에서 똑같이 퍼진 소문은 십중팔구는 진실이었다.

"대체 어찌 돌아가는 것인가?"

계산을 하고 객점 밖으로 나와 골목길을 걷는 유진룡은 마음이 천근만근 무거웠다.

지금까지도 도천극의 마수는 위험스럽기 그지없었는데 드러난 힘은 몇 배 더 가공스러웠다.

이런 상태로 계속 나간다면 아까 객점에서 한 사내들의 격정대로 놈이 순식간에 무림을 정복해 버리지 않을까 하는 위기감이 느껴졌다.

그놈이 강해질수록 자신과 자신 곁에 있는 사람들에게 닥치는 위험은 더욱 커진다.

그놈이 무림을 지배하면 제일 먼저 유진룡 자신과 철사홍, 주애청부터 죽이려 할 것이다. 그리고 자신에게 굴복하지 않은 보복으로 다른 짓까지 서슴없이 할 것이다. 아마도 놈은 소향상회와 동생들에게도 잔인한 마수를 드리울 것이다.

단리하연을 납치한 배의 선실에서 놈은 자신에게 손을 내밀며 그 손을 잡으면 온갖 부귀영화를 누리게 해주겠지만 내치면 자신이 가진 모든 것을 소멸시키겠다고 했다. 그 소멸의 대상 안에는 동생들도, 소향상회도, 소향상회의 회주도 포함된다고 분명히 말했다.

놈은 자신의 자존심을 지키기 위해서라도 그 약속을 이행할 것이다.

유진룡은 으스러져라 주먹을 쥐었다. 예전에도 그랬지만 절대로 놈과는 양립할 수 없다.

체질적으로도 그렇고, 운명적으로도 그렇다. 놈은 기필코 처치해야 할 필생의 적이었다.

"젠장! 막다른 골목이군."

유진룡은 쓴웃음을 지었다.

생각에 잠긴 채 허적허적 걷다 보니 방향을 잃고 막다른 골목으로 들어서 있었다.

등을 돌린 유진룡은 신형을 굳혔다.

조금 전 지나쳐 온 골목 끝에서 자신을 기다리는 듯 한 인영이 고요히 서 있었다.

"이럴 줄 알았다니까. 내 팔자에 이런 곳에서 아무도 안 나타나면 그게 이상하지."

유진룡은 한숨을 푹 내쉬었다.

『만리웅풍』 10권에 계속…

무천향

武天鄕

허담 新무협 판타지 소설

뿌리를 찾아가는 목동 파소의 여행.
그 여정의 끝에서
검 든 자들의 고향 대무천향 (大武天鄕)을 만난다.

검객 단보, 그는 노래했다.

…모든 검 든 자들의 고향 무천향.
한 초식의 검에 잠든 용이 깨어나고, 또 한 초식의 검에 잠든 바다가 일어나네.
검의 흐름을 따라가다 보면 어느새, 세월도 잊어버리고, 사랑도 잊어버리고,
무공도 잊어버려…….
결국에는 자신조차 잊어버리는…….

은하의 가장 밝은 빛이 되어버린다는
그 무성(武星)들의 대지(大地).

아, 대무천향(大武天鄕)이여!

유행이 아닌 자유추구 –
WWW.chungeoram.com
Book Publishing CHUNGEORAM

閻王眞武
염왕진무

김석진 新무협 판타지 소설

"그, 그럼 어디서 오셨습니까?"
무심하게 고개를 돌리며 진무가 속삭이듯 말했다.

……지옥에서.

인간이라면 절대 익힐 수 없다는 강호삼대불가득!
그것에 얽힌 비사를 풀기 위해 그가 강호로 나섰다!
피처럼 붉은 무적의 강기, 혼돈혈애를 전신에 두르고
수라격체술과 염왕보로 천하를 질타하는 쾌남아, 진무!
염왕의 진실한 무학을 발현하여 무림삼패세와 고금십대천병을
이겨내고 속세의 악업을 심판하는 진정한 염왕이 되어라!

이제 강호는 진무의
일거수일투족에 열광한다!